光の塔

中村 啓子

絵　中村 修

少女の名はコリト、年齢は十六歳と十一ヶ月。

彼女の住む星の名は、コレムル。深い緑の森におおわれた星です。どこまでもつづく森と小さな湖、所どころある豊かな地には、人が住んでいます。

この星には、動物はいません。湖に住む魚と鳥、といっても小鳥です。そして、昆虫。

どの地域に行っても、暮らしのようすに変わりはなく、どこに移動しても、人と人の間に、問題は起きません。なぜなら、ここに住む人は、同じ言葉、同じ考え、同じ気持ちを持っているからです。

そこに、ほんのわずかな人たちが、広い間隔を保ちながら、静かに暮らしています。

人の寿命は、四〇〇〜五〇〇歳です。寿命が長いということは、長い時間を、ゆるやかに過ごすのではなく、それをすべて使う理由と必要があるからです。

彼女の姿は少女ですが、この星の人に男性、女性という性の区別は、ほとんどありません。進化を遂げた星の人たちは、みなそうです。それは、人の進化した姿といえます。

コレムル星の子どもたちにとってこの日は、待ちに待った特別な日です。なぜなら、十七歳の誕生日の朝、彼らは、宇宙の旅に出発するからです。それは、成長期の絶好のチャンスとなる、訓練の旅といえます。

出発までの一ヶ月は、旅の準備期間です。何よりたいせつなのは、記憶の整頓です。生まれてから今日までの記憶を整理し、正しく理解できたことを、魂に刻んでいきます。

子は目的を持って、自分の意思で、父、母のもとにやってきます。生まれたての魂は、ふるさとの星の性質が、気配に現れ、そのままで輝いています。しかし、生まれた星での育つ環境、人々、言葉によって、成長は違ってきます。何より重要なのは、すべてにおいて、正しい知識を語る大人がいることです。

いっさいの手をかけなくてもいい魂として、自立した子ですが、生まれたばかりの身体は違います。やがて芽を出す子のために、手を貸すのが親です。

子は親の愛を求めています。親子の出会いは、親の一生の後半からはじまります。なぜなら、知識と学びの成熟度が増し、自分の中に、光を抱くことができるようになるのが、そのころだからです。真実の愛の力は、ほんとうの光のもとにしか届かないのです。

学校に入る前の期間が、とてもたいせつです。その間に親は、子の魂と語らい、性質とつながりを知り、かかわり方を学びます。子は、自分の足で立ち、学校まで歩いて行けるようになったとき、時間をかけて自分の意思で、入学時を決めます。

小さき者とせず、正しい真実の者として、魂で受け入れられた子は、進化の道を迷いながらも、堂々と進んでいきます。

この星の家族は、家族どうし、手をつなぐことはありません。家族を円の上に並べたとしたら、一人ひとりみな、外を向いています。円の内に向き、たがいに顔を見て、日々確認し合う、そんな必要はないのです。

子どもたちも小さいころから、家族の一員としての自覚があり、しっかり円を形づくる力を持っています。外に向かって、大きく飛び出していきますが、その円の中は、自然と豊かに広がっていきます。

円の中は、豊かでなければなりません。なぜなら、目的や仕事を求める魂は、躍動し、試行錯誤しますから、疲れたり、悩んだり、また、たくさん出来事を起こします。

それを自由に起こし、ときに、休息をとる場所が、家という空間、家族です。それは、子だけではなく、魂の道を歩んでいる父も、母も同じです。

家族の目的は、父や母になること、子を授かることではありません。メンバーは、魂の目的に沿って、出会った仲間です。それぞれが、目的を果たすために生きていることを、了解しています。父として、母として、子としての役割を、懸命に守り、務めなくていいのです。

家族だけではなく、人と人は、細い線でつながっているだけで十分です。手を離し、自由になり、清らかな心で、はるか遠くまで、飛んでいきます。

いよいよ、出発日も近づいたころ、コリトのもとに〝カギ〟が送られてきました。それは、美しい水色のたまご形で、銀河とそこに生きる命の姿が、白色で線描きされています。

手の中に、すっぽり入るほどの大きさで、楕円形の先が、ほんの少し伸びていて、裏面のボタンを押すと、チカチカ光ります。受け取った子どもたちは、旅のはじまりを実感し、うれしい時間をワクワク過ごすのです。

これは、宿泊施設のカギです。この施設のある星に、最良のタイミングで、魂が導いてくれます。旅の日程と時間は、それぞれに違い、二〜三週間の者

水色のカギ

もいれば、一年におよぶ者もいます。それは、魂の目的によって決まります。

コレムル星の人たちは、命とは、身体、心、魂は、別々に存在していて、それらが、ともに助けあいながら、一生を終えることを知っています。

目に見える、目、鼻、口、耳、手、足、脳や心臓だけで、人は成長することはありません。脳は、身体のためにだけ働く司令塔です。

人の成長を手助けするのが、目に見えない心や魂です。それらは、ぬくもりや喜び、悲しみのメッセージとなって、また、出来事や出会いとなり、どう進めばいいかを、身体に教えてくれます。そのガイドがあるから、人は成長し、進化していけるのです。

すべての準備が整ったとき、コレムル星の子どもたちは、素直さや、ういういしさとともに、旅立っていきます。

魂こそ　命の生きる糧

身体の中に　美しく光るガラス玉を　想像してください
それはキラキラと　輝いていますか？
磨かれていますか？
すくすくと　育っていますか？
子どもはそれを　ていねいに抱きかかえるでしょう
毎日　毎日　会いに行き　きれいに磨くでしょう
大人はそれを感じ　自分を知るでしょう
すべての人が　目的を持って　そのガラス玉に　会いに行ってください
難しいことではありません
すべての人に　そのガラス玉はあります
クリスタルのような　純度の高いガラス玉　魂です
それは　あなたを支えます
けっして汚さず　誰かに渡さず　たいせつに育ててください

コリトの旅は、さまざまな星をめぐり、もうすでに一ヶ月ほど経っていました。そして、いよいよ、前もって渡されていたカギを使う星に、たどり着きました。

この星の名は〝トゥファラ・命の星〟と呼ばれる〝水の星〟です。しかし、現在はまだ、真の名となる少し前の〝またたきの星〟と、愛称で呼ばれている時代です。

歴史をさかのぼると〝ビレムル・砂漠の地〟と呼ばれていたように、大海に囲まれた大陸には、砂漠地帯が広がっていました。もちろん、山や川、森や林、緑の地もありましたが、まだまだ星自身の力がおよばず、砂漠の多い、若い星だったのです。

その星が、ここまで進化するには、変換の時を、何回も、何十回も、くり返しました。変換の時とは、人が一生を終え、魂が生まれ変わるのと似ています。すなわち、すべてを消し去り、ふたたび、新たなる地を得るのです。そうしながら、人の世界、自然界、大気、水、目に見えない意識の世界が、進化していきました。

進化を遂げた水は、天に昇っていきました。そして、大気の内側で、水の層となったのです。

青空だった天は、白色の水の天となり、星をおおいました。

星とともに、進化した人々は〝魂で生きる〟ことが、できるようになり、みずから発光していました。人の姿と白く輝く水の星は、ういういしく、チカチカと輝く、宇宙のまたたきのように見えたのです。

そして、人は星への行き来が、できるようになったばかりのころです。さまざまな星に出向いたり、宇宙の星々から、多くの来客を、受け入れたりしていました。移動方法は、身体の場合は乗り物で、または姿を変え、魂の意識となって移動しました。

この星には、豊かな土壌と緑、そして、少しばかりの海があり、動物や鳥、魚がいます。そのさまざまな魂を、姿で見ることのできる地として、生命とは何かを、学ぶ最適な星だったのです。星の中には、進化が進み、生命が魂の意識だけになってしまった星は、たくさんありますし、地上すらなく、魂の集合体のような星もあります。

長い間、トゥファラは、成長期の子どもたちに、最適な訓練の旅先として選ばれ、使われてきました。

この年ごろの子どもは、徐々に魂の目的に気づきはじめます。そして〝魂の仕事〟を願い、探します。自分を表現するための資料を、得ることのできた子どもは、十分に時間を使って、一本の細い道を、遠くまで見通し〝今世の魂をまっとうに生きる〟ための集中力と、研ぎ澄まされた正確さを体得していきます。

トゥファラ・一日目

「ワオー！」

「すばらしい！」

「美しい！」

と、白い光の水の中で、乗客たちがいっせいに声をあげました。

宇宙船

コリトと数名の客を乗せた宇宙船は、水の層をみごとに突破したのです。これが、うわさに聞く〝水の層の突破〟です。彼女は、旅の楽しみのひとつにしていました。

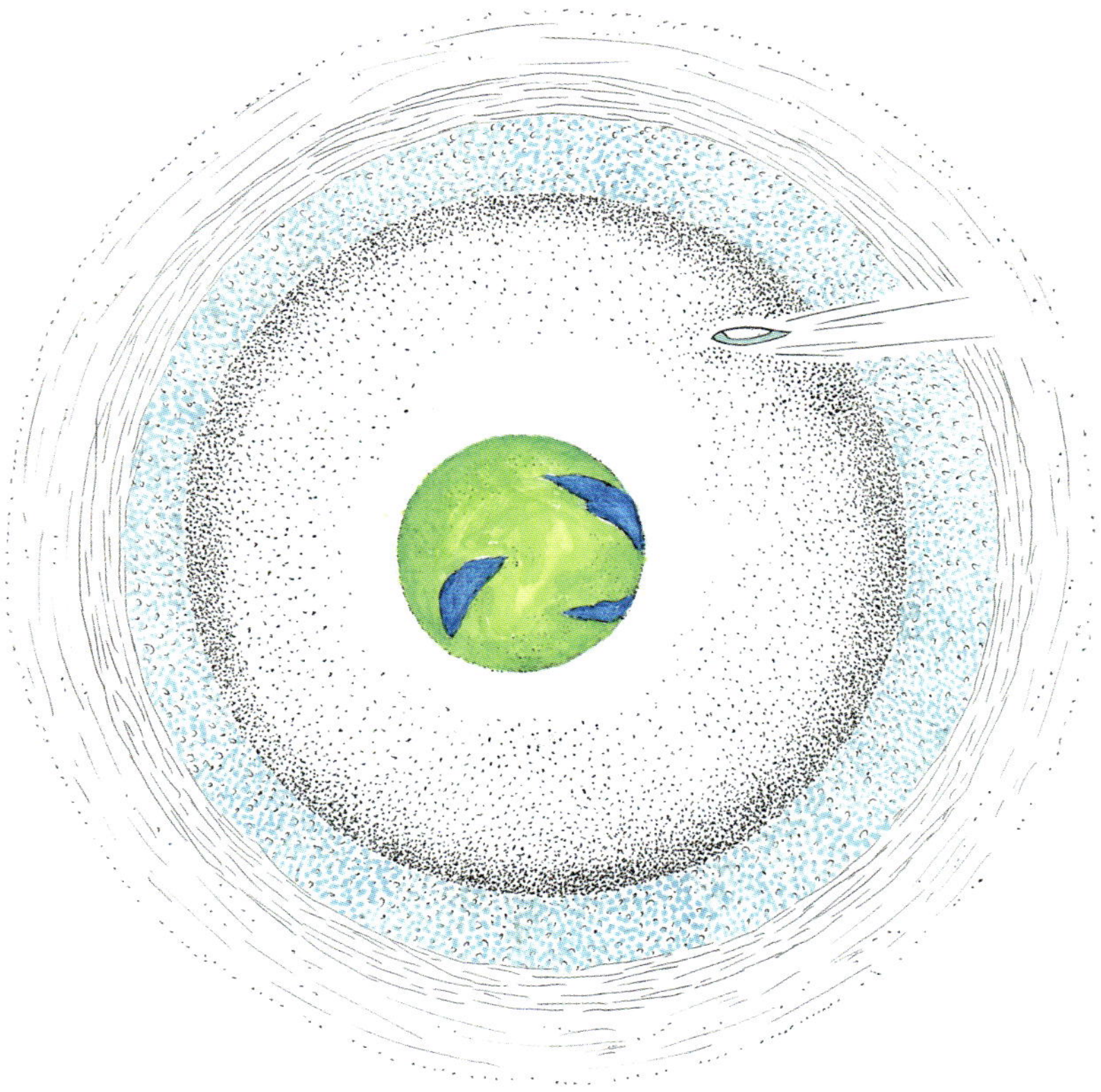

水の層の突破

宇宙空間から見るトゥファラは、美しい白いガラス玉のようでした。近づくにつれ、水の向こうに、うっすらと黄緑色の大地が見えていました。

この層は厚く、大量の水が音もなく、目にも止まらぬスピードで、流れています。勢いよく、突入しなければ、弾き飛ばされるか、流されてしまうでしょう。水は、地上に向かうにつれ、大きな水泡となり、次第に小さくなって、水蒸気へと変わっていきます。

突破の一瞬の間に、船も乗客も、光の水で浄化されるのです。

眼下には、のんびり生きる、動物たちの姿が見えます。その領域はどこまでもつづき、水たまりのように海が点在しています。

さらに下降すると、居住地が見えてきました。山の木々や海、動物たちの広大な領域を侵略しない、ほんのわずかな場所です。そこから少しはずれたところに、宇宙船発着所がありました。ここから施設に向かうようです。

降り立ったそこは、背の低い柔らかな草地が、一面に広がっています。しばらく歩いていると、彼女の前に、無人の小型乗り物が、すべるように入ってきました。

屋根がなく、開放的な一人用です。乗り込みハンドルに手をかざすと、人のひざほどの高さに浮きながら、なめらかに進みはじめました。
行き先を告げると、スピードを上げ、
あっという間に、
丘の下に着いていました。

小型乗り物

その施設は、なだらかな丘の上に立っていました。

白い塔です。美しい光を放っています。円柱型の外壁には、各階ごとに、丸窓が並んでいるのが見えます。宇宙の旅で、少し疲れていた彼女は、優しいたたずまいに、心が落ち着き、久しぶりに笑顔がもどってきました。

白い塔

建物の一階部分に、ゾウの鼻のように伸びた、エントランスが見えます。コリトは、真剣な顔つきで入っていきました。手の中には、カギがしっかり握られています。通路の両側には、小さな丸窓が、規則正しく並んでいて、風が通り抜けていきます。

エントランス

その先で、待ち受けていた、円形大広間に、彼女は、感嘆の声をあげました。

「ああ、なんとすがすがしいところでしょう！」

見上げるほど高い白壁には、巨大なシルバーの線画が、浮かびあがって見えます。

天空を舞う女性の姿に、彼女は、すっかり見とれてしまいました。

床に敷き詰められた、美しい水色のタイルは、彼女の寝ぼけた意識を目覚めさせ、これからはじまる研修への、心の準備をさせました。

「この白い塔は、わたしを迎えている。そして、ここで過ごす時間は、充実したものになるだろう」それが、はっきりとわかりました。

中央にそびえる、筒状の柱が見えます。その柱には、くり抜かれた入り口があり、天からの光が、降り注いでいました。

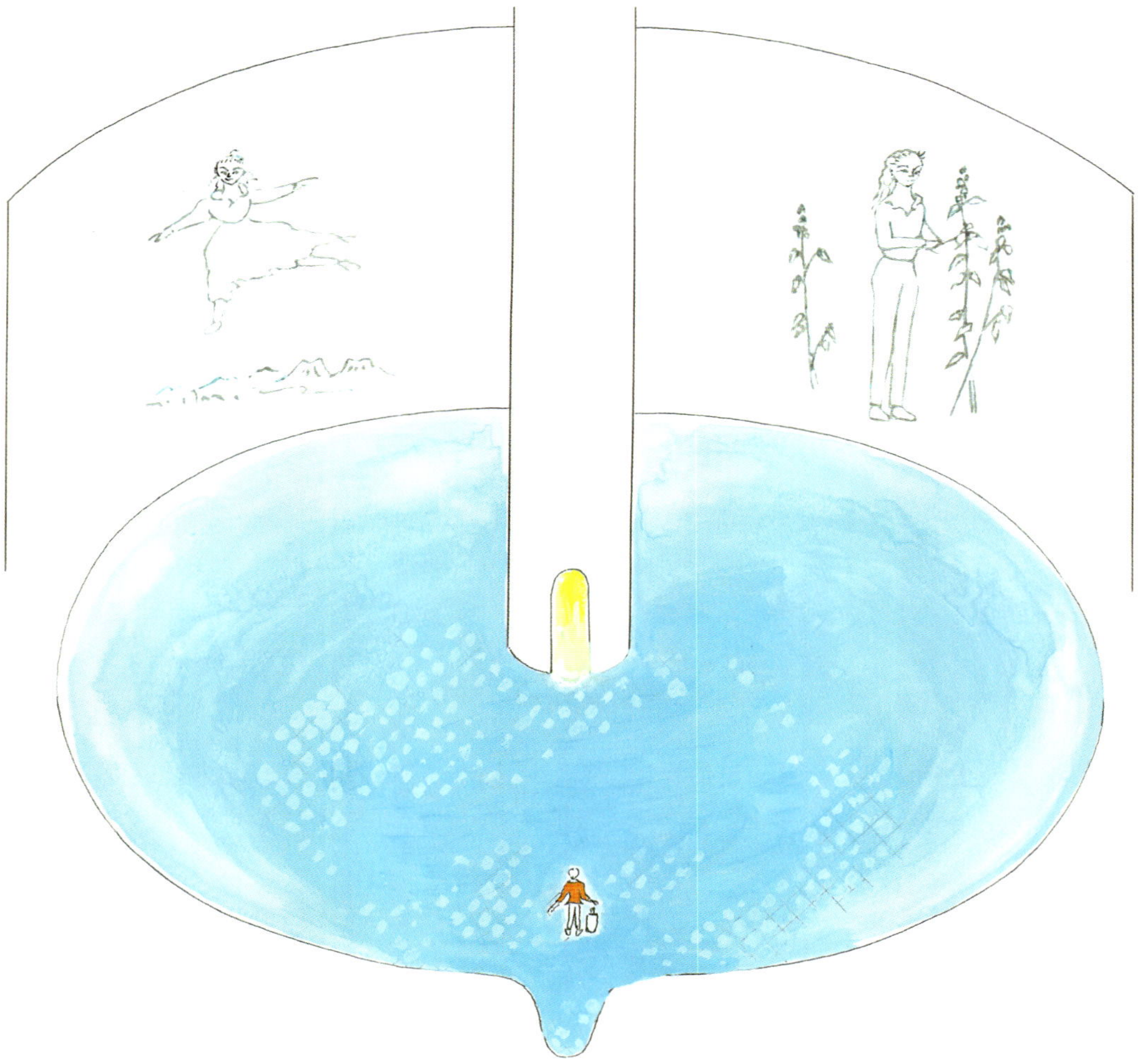

円形大広間

中に入り見上げると、白い内壁に沿って、螺旋階段が見えます。

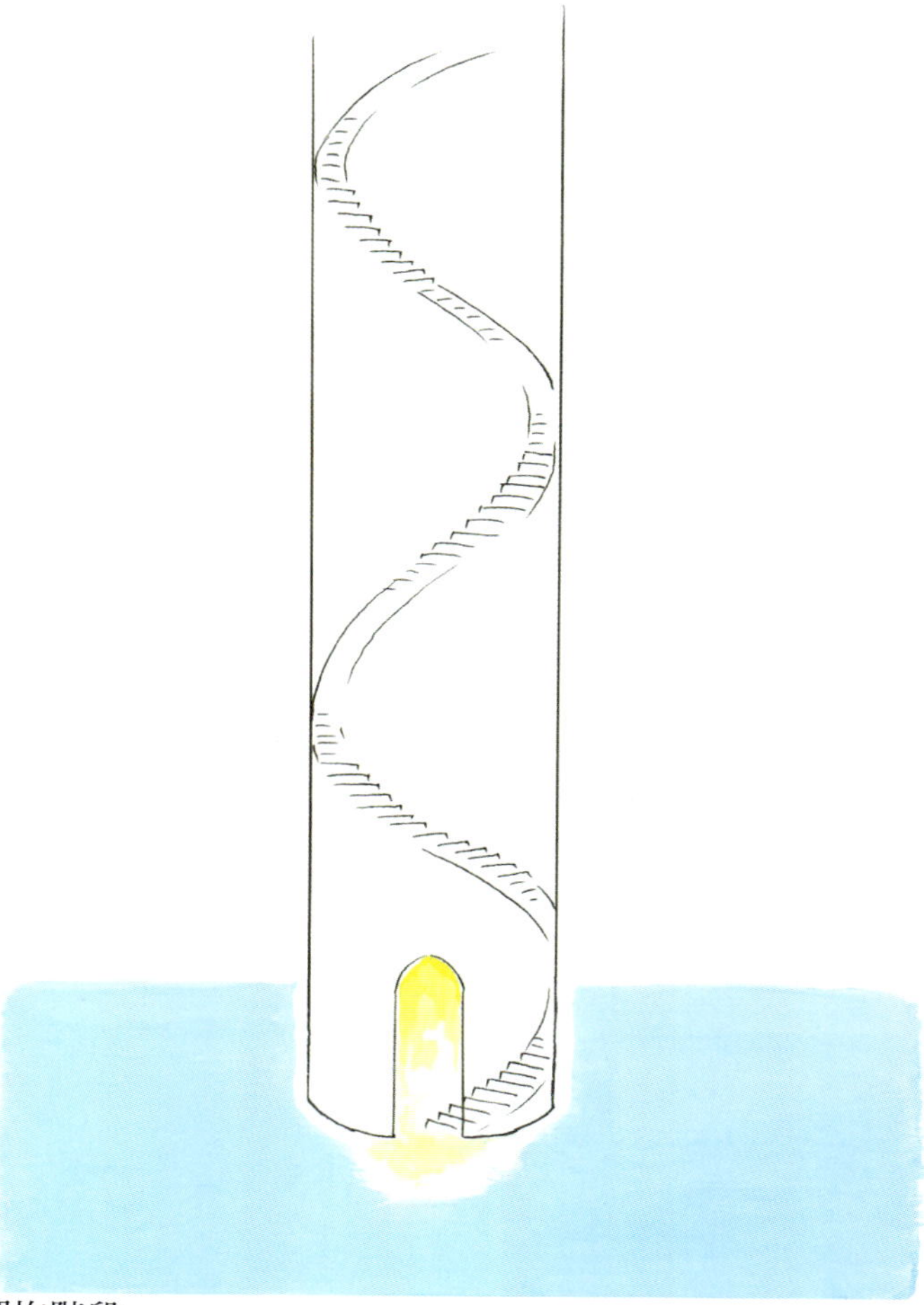

螺旋階段

階段は、

「さぁ！　登っていらっしゃい」

と、誘っているようです。彼女は、誘われるままに、一段、一段、ゆっくり登って行きました。筒を一周したとき、出口が見えてきました。

そこからとてもよい香りが漂ってきます。匂いの先をよく見ると、香草茶

や果物が、テーブルいっぱいに並んでいて、その横には、にっこりほほ笑む、
施設の案内人が立っています。
そして、彼女が何よりほしかった、おいしい水を渡してくれました。

フロント

「カギをお持ちですね。使い方を教えましょう。

このカギは施設内専用です。裏面のボタンを一回押してください」

と、案内人はいいました。

コリトが、ボタンをカチッと押すと、水色の表面に、数字と白文字が浮かびあがりました。

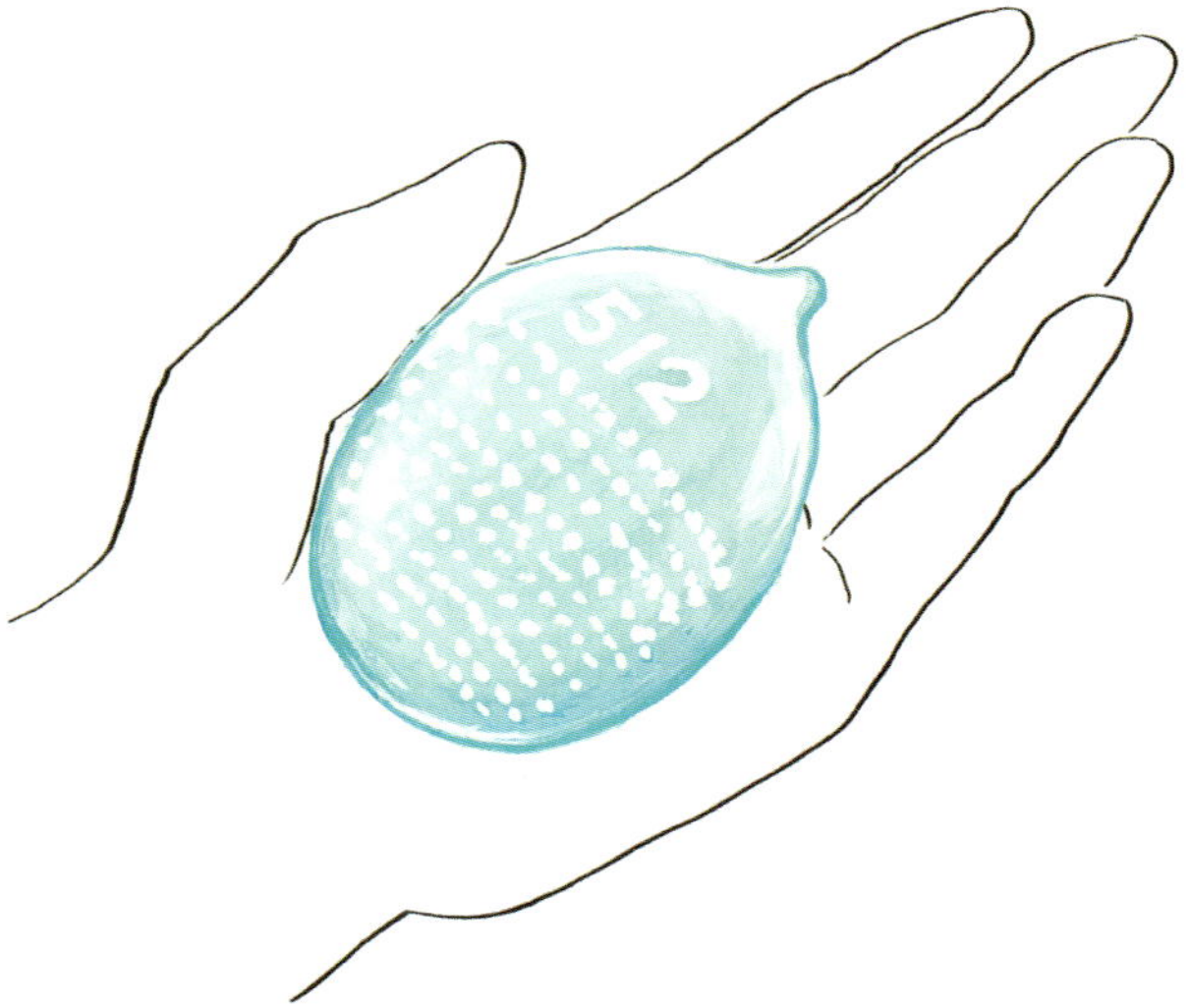

カギの使い方

「512と書いてあります」

「それがあなたの部屋番号ですよ。

この施設の使用方法や企画の日程など、すべての情報は、そこから得てください。毎日更新しますから、一日のはじまりには、かならず確認してください。もちろん、施設内には係りの者がいますから、いつでも声をかけてくださいね」

と、のんびりとしたようすでいいました。

この星の人は、なんて穏やかなのでしょう。ふんわりしていて温かいのです。そして、相手を引き受ける大きな心を持っています。

フロアを右回りに進むと、書棚が見えてきました。そこは円形フロアの半周ほどの広さが、図書室になっていて、壁のスクリーンには、丘の上の風景とはまったく違う、躍動する星の自然現象が、映し出されています。

彼女は、使用方法と本の傾向を、カギの表記から知ることができました。

ここには、星の大地の歴史と自然現象、動物、鳥、魚、昆虫、そして、花や樹木の図鑑、トゥファラそのものを語る本が、集められています。

持ち出してよい、ということもわかりました。

コリトは、草花の図鑑を借りることにしました。彼女の旅の目的のひとつに、自分の住む星に、花を咲かせたいという、夢がありました。

とはいっても、花がないわけではありません。湿り気のある森の中には、数種類の〝らん〟が咲いています。

彼女はその花が、とても好きでしたから、たいせつに守らなければならないと、森の見回りを日課にしていました。

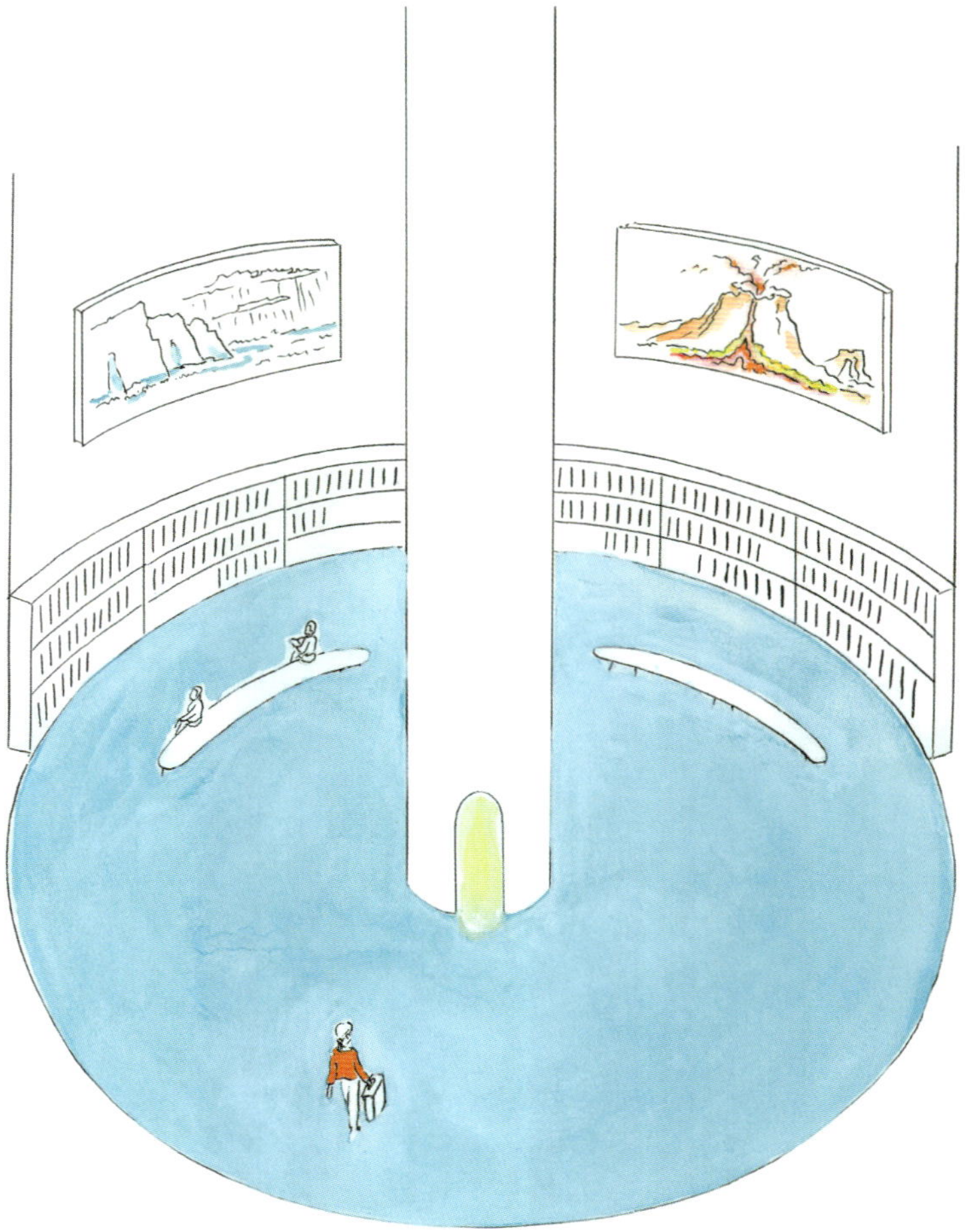

図書室

以前、父母に連れられ、ほかの星を旅したとき、一面に咲く、黄色の花を見ました。花畑の中に立った彼女は、まるで光の中にいるような、喜びを味わったのです。

黄色の花畑

黄色は、光の色です。光は、さまざまな色を彩らせます。木々の葉を輝かせ、水面をキラキラと反射させ、人の心を解放し、瞳に輝きを与えます。

しかしコリトは、コレムル星に帰ってきたとき、眠るように、静かに息づく濃い緑の森を、少し残念に思い、物足りなさを感じました。

彼女の部屋は、５１２号室です。ならば、五階まで行かなければなりません。見渡すと、筒状エレベーターが見えます。

エレベーター

カギのボタンを押すと、透明なドアは右にスライドし、開きました。風圧で上がるそれは、少しの振動もなく、またたく間に、目的階まで運んでくれます。

そこは客室フロアになっていて、廊下は広く、円形状に並ぶドアから、すぐに部屋が探せました。

床は一階、二階の水色から、少し濃い青色に変わっています。水色の空間の気は、彼女の気持ちを高く、高く、押し上げてくれました。そして、青色は、物事に動じない落ち着きと、やすらぎの心を与えてくれます。

色には、意思があります。単独で存在し、その意思を果たそうとするのです。だからこそ人は、その色の意味を、受け取ることができます。

海の青さ、空の青さに感じ入るのは、青は魂の色。ですから、人の心に直接つながります。

星が青く見えるのも、生命体である星の中枢から、発せられた気が、青色だからです。

色はいう
私は　単独で存在している
青には　青の意味があり　白には白の　黄には黄の意味がある
私の手を借りたいのなら　私を単独で使えばいい
少しずつ模様や　組み合わせを　手放さなければならない
その度胸と　度量と　力を持つことが
あなたたちに課せられたこと
それに気づくのだ

単独で確立された色にとって、混ざり合う色や、組み合わせから生まれる模様は、混乱を生む、意味のない存在になってしまいます。

この施設は、色と色が、となり合わせにあることも、人に混乱を与える、色の装飾もありません。

おわりであり、はじまりの色、赤は、トゥファラの地で使うことはありません。命のサイクルが長く、穏やかに暮らす人たちにとって、わずらわしい色と感じるようになったからです。

客室フロア

コリトは、部屋で休むことにしました。陽の光を吸収した白壁は、たくさんのエネルギーを与えてくれます。シンプルな空間は、心を落ち着かせ〝豊かなものは内なるもの、光り輝くガラス玉・魂〟を感じさせてくれました。

室内の形も、窓も、入り口も、すべて角がなく、なだらかにつながっていて、天井の高い広々とした空間は、まるで球体の中にいるようです。

浮いたような楕円形ベッドの横には、丸窓があり、横になった彼女のほほを風が優しくなでてくれます。大きな懐に抱かれている喜びを、味わいながら、そのまま、眠り込んでしまいました。

たっぷり眠った彼女は、目覚めたとき、窓の外は、星空に変わっているだろうと、思っていました。しかし、星空も、とっぷり暮れる闇夜も、なかったのです。

夜空の星を、眺めるのが大好きな彼女は、少し残念に思いましたが、昼より少し薄暗い中で、白く輝く天を見たとき、

「なんと美しい星でしょう」

思わず、そうつぶやいていました。

客　室

宇宙の旅・闇の星

訓練の旅の中で、彼女の脳裏から離れない星がありました。最初に行った星です。ベッドで眠りながらも、そこで出会った戦士の姿が、何度も浮かびます。

威厳のある顔立ちは、老人のようですが、輝く瞳と身の軽さは、まるで青年のようでした。闇におおわれた星に立ち、虚ろな目をした人たちに、光の言葉を、投げかけています。

その星の人たちは、怒りや悲しみの解決法を、知りませんでした。脳内から発せられた感情は、脳内で解決しなければならない、ということを知らなかったのです。脳には知恵があり、正しい解決法を、見つけ出すことができます。そして、あらゆる発展の可能性を、生むことができるのです。

彼らは怒りの原因を、自分の外に置き、自分の都合や、言い分ばかりを考え、感情を、コントロールすることができないのです。その結果、不満をつのらせ、たがいに争い、傷つけ合っていました。

そして、戦士の光の言葉を恐れ、彼を攻撃していたのです。

コリトは、戦士に聞きました。

「あなたはなぜ、危険な地に立ち、光の槍を高くかかげ、聞く耳を持たない人たちに、言葉を、送りつづけているのですか？」

「これは、私の魂の仕事です。仕事の場所を、選ぶことはありません。光は、宇宙の果てまで届いていることを信じ、喜びとしているからです。仕事は、未来のためにあります。やがて光の種は、その地に根づき、花を咲かせることを、私は知っているからです」

戦士はそういうと、大きく翼を広げ、飛び去ったのです。

「わたしはなぜ、戦士のことばかり思うのだろう。それには、きっと理由があるはずだ。危険な星に出向いてまでも、光の仕事をする戦士とは、何者なのだろう」コリトは、考えつづけていました。

しかし、今は何より、お腹がペコペコにすいています。

カギのボタンを押すと、

「室内着に着替えるのはどうですか？

どのフロアにも、そのまま行くことができます」と、書いてあります。

入り口近くのクローゼットには、パンツスタイルの室内着と、麻のサンダルが用意されていました。そして、レストランと、浴室フロアの案内がありました。

レストランに入ってみると、夜にもかかわらず、たっぷり用意された料理からは、湯気が立ちのぼっています。カギには、

〝提案する食事法〟

「食事の前に外に出て、自然の空気や、光を肌で感じると、
身体は自然と整い、食事は変化します。

今が、あなたの食事時ですか？　時間にコントロールされていませんか？

臓器に負担のない量と、質を選んでください。

ああ、おいしいな！　幸せだ！　と、思う気持ちの飽和状態が、食事の限度です」と、書いてありました。

白い天の下で、深呼吸を三回して、レストランにもどりました。各テーブルは、一人ひとりが、静かにゆっくり食事ができるよう、十分な間隔で配置されています。

レストラン

そして、何よりうれしいのは、コリトの星と同じように、この地で採れた新鮮な野菜料理ばかりです。大好物の豆料理の多さといったら！　彼女は、ここの食事にすっかり満足しました。

食事の後、浴場に行きました。コリトの星には、自然に湧く湯、というものはありませんから、浴場もないのです。ここは、カギのサポートを借りるしかありません。

たくさんの注意事項が記された案内に従い、不思議な空間に、おそるおそる入って行きました。一人用の寝床式浴槽が、十分な数並んでいます。

彼女は、そのひとつに、静かに入りました。身体をおおうようなフードつき浴槽は、裸のままで、ただひとり、ポツンといられる場所です。

温かい湯に包まれていると、身体も、心も、解放されていくのがわかります。

コリトは、自分の手のひらを、じっと見ています。手のひらは、自分を映し出す鏡です。両手を合わせれば、身体と心を深く、深く、感じることができます。

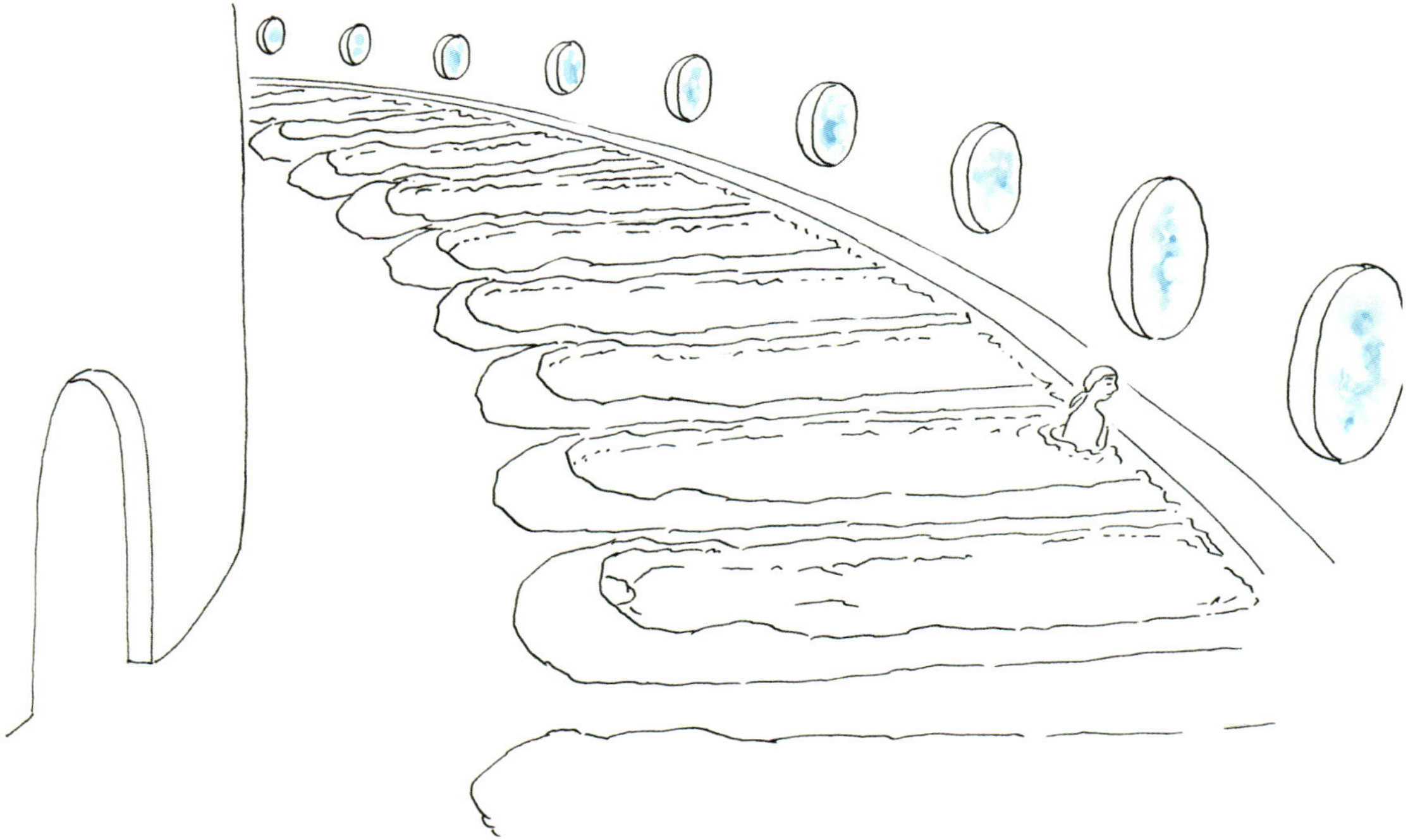

浴　室

これは、何よりの内観法です。星の誰もが、自分の存在について考えるとき、この方法を使います。未来に思いを馳せながら、ゆったりとした休息の時を過ごせました。

トゥファラは、地熱が高いことを知りました。そのため、温かい湯が豊富にあるのです。これは、星からの贈り物だったのです。

トゥファラ・二日目

さて一日のはじまりです。カギのボタンを押すと

「ジオツアーについて

現在噴火を休止している火口を、ガイドが案内します。

ご希望の方は、カギのボタンを三回押して、

建物の入り口で、待ってください」と、書いてあります。

コリトは、この星の特徴でもある火山について、知りたいと思いました。

ガイドが案内してくれた火口は、
噴火活動のときにできた、溶岩の砕片や、赤黒っぽい
細かな軽石が、一面に広がっていて、上を歩くと、ジャリジャリとこすれる
音がします。

ジオツアー

「これは何億年もの間、進化しつづけた、星の歴史です」

ガイドの説明を聞きながら、山の裾野に降りると、豊かな土壌が広がっていました。

「そこに生きる者が、未来のためにしなければならないことは、美しい星そのものと、豊かな土壌を、汚すことなく、壊すことなく守っていくことです。それは、星からのすばらしい贈り物であり〝星が一生を終えるまでのたいせつな基盤〟です。

土、木、動物の色、茶色は、生命の色です。正しく息づかせなければなりません」

そしてさらに、たいせつなことを話してくれました。

「星は生きています。寿命はすでに決まっていて、どのように生きるのかは星が意思を持って決めます。そして、成熟しながら一生を終えます。

大地、山、海、大気、そこに生きる動物、鳥、魚、人、すべての生命体に、進化をうながします。なぜなら星と宇宙は、進化しつづけるからです。

星は、躍動します。まるで星全体をかき混ぜるように、揺さぶり、流動しつづけるのです。

それは一時的なことではありません。星の進化のために、未来に向けて、星自身の意思で起こすのです。

それが、人や動物にとって、ありがたくない、自然現象になったとしても驚かず、怖がらず、さまざまな現象に、吹き飛ばされないよう注意しながら星に寄り添い、人は、星とともに、進化していかなければなりません。

それを、大地の歴史は、教えてくれます」

宇宙の旅・花の星

コリトの乗った宇宙船は、木々が生い茂る山や、そそり立つ岩山を、眼下に見ながら、頂上が平らな山に、静かに降りていきました。すぐ近くに湖も見えます。

あらゆる生命の成長をサポートする土、水、光、空気がそろっているその地は、星が望む安定した健全な場所です。

さわやかな風が吹くここは、花の星として有名です。彼女は、とても楽しみにしていました。

発着所には、老練な案内人が待っていました。

降り立った足もとに、そして、見渡すかぎりの芝の中や岩かげに、群生する可憐な花や、大きな葉をつけた背の高い花が、いたるところに咲いています。

美しさに見とれながら、こんな花が、わたしの星に咲いたら、どんなにうれしいだろうと、彼女は思いました。

ふっくらとした大きな花を見つけ、のぞき込んでいる彼女に、

「その植物は、花弁の下の袋から、胞子が飛び散るのです。繁殖力の強い花は、その範囲から出ないことは、とても重要です。

持ち出し禁止の植物もあるのですよ。花の移動は、十分注意することです。その地の自然に沿い、原種の輝く色で咲くのが、一番美しいと、思いませんか？」

案内人は、コリトの思いを察し、静かにいいました。

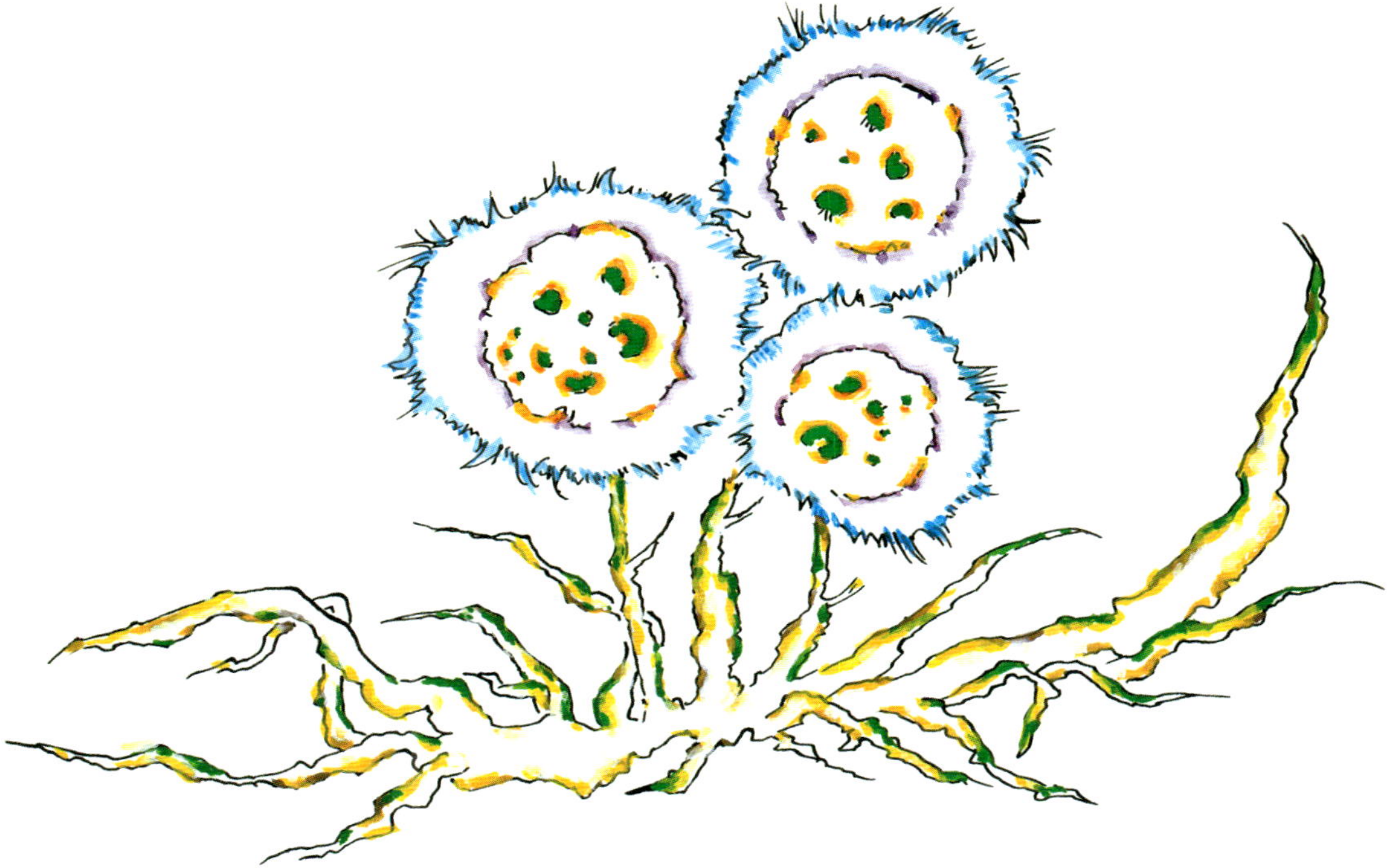

持ち出し禁止の花

トゥファラ・三日目

今朝は、会議ホールの案内です。

「講義内容・植物について」


ジオツアーに行って、コレムル星の静かに息づく森には、星自身の進化の目的があることを知りました。

花の星に行ってきて、彼女の物足りなさのために、森の彩りのために、花を植えるのは、まちがいであることに気づいたのです。

同時にコリトは、物足りないものの理由は、自分の外にあるのではなく、内にあるのではないかと、考え直すことができました。

しかし、コレムル星の人々の変化のなさに、彼女は納得がいきません。

その疑問を、講義の解説者に聞いてみました。

「それは、緑の染色によるものだと思います。

森は、大地に広がっています。ほかから染色されない強い力と、意思を持っていますから、どのような生命が侵入しても、その地を提供します。

その大きな懐に、人々は魅了され、安定した地として、心が落ち着くと、感じるのです。それこそが緑の染色、森の力です。

それは、よくないことではありません。森は、大地を強固にし、星を守ります。しかし、人々がそこに入り、染色されると、木々と同じ使命を、自分が持っていると、思い違いをします。私は地の守り人だと。

守り人となった人々は、根を張り、土や草花、木々、鳥と共存していきます。とても居心地がよく、地の滋養を受けた生き方です。そこに流れる時間は、木々たちのもので、とてもゆっくりとしています。

人は寿命が決まっています。自分の時間を守らなければなりません。森との距離をおくことです。いやしを求め、肩を寄せ合ってはいけません。森は、あらゆる生命の進化のために、地上を安定させるのが使命です。

しかし、人々の使命は違います。人は、星を進化させるのが使命です。頼らず、かたよらず、大地や森、草花と共存しながら、星のために仕事をしていくのです。

もちろん、自然を体感し、学ぶことも必要ですが、それにかたよってしまうと、ある意味で、真実から遠ざかってしまいます。夢見心地な、フワフワとした人ができあがってしまうのです。

山、川、海、そして、花の意識の染色にも、気をつけなければなりません。それらは、目的、空間の使い方、すべてが、人とは違います。それらにかたよることなく、共存することが、とてもたいせつです」

コリトは、この答えに納得がいきました。

そして、父、母、兄弟、友を思い出していました。彼らは、大きな懐で彼女を包み、育ててくれたのです。それは、森の滋養であったともいえます。暮らしの中で、何ひとつ問題は起こりませんし、不自由なこともありませんでした。

しかし、彼女の物足りないものはありました。心の扉を、トントンと叩く音が、いつも聞こえていたのです。

〝人は星を進化させるのが使命〟その言葉は、物足りなさへのヒントと感じました。

森のコリト

トゥファラ・四日目

カギに書かれていたのは、コリト宛のメッセージでした。

「コリト様

コレムル星のあなたに提案です。講師として〝伝える〟という体験をしてみませんか？　あなたの星は、教育カリキュラムに、星の訓練の旅があり、あなたは、その旅の途中です。学校や旅について話してみませんか？

了解のときは、ボタンを三回押してください」

コリトの講話

「コレムル星は、人の性別、年令差、人種や文化の壁を取り払うことのできた星です。子どもたちは、幼少期の基礎学習が終わると、学年別はなく、子ども、青年、成人、すべての人が学ぶ教室の出入りが自由になります。

子どもたちは、自分の〝気〟が確立していますから、気と気がぶつかり合わない、学びに最適な空間を求めます。そのため教室はとても広く、少人数で使用します。

基礎科目を学ぶ教室では、それぞれに学びやすい姿勢で話を聞きます。床に座ったり、立ったり、教室の後ろから全体をながめるようにいたり、学習内容の図を描いたり、つまり、自分がどのようなスタイルで、その科目を習得するのが最良かを知っています。

それは、一人ひとりが、自分の魂の性質を知っているからです。魂の耳か？目か？　鼻か？　言葉か？　何を使えば、自分の理解力を最大限使えるのか、その方法を探し出し、学んでいます。

学びから得られる答えは、ひとつではありません。なぜなら、魂の目的がそれぞれに違うからです。自分の特長を一番生かせる方法を、そこから獲得していきます。

コレムル星の子どもたちは、父や母から学ぶことはありません。父、母も、子を教え導くことはありません。

なぜなら、その指南は、少しずつ蓄積され、子の道を染めてしまい、次第に、自分の道を歩いている感覚が薄れ、他人に聞かなければ、歩けなくなってしまうからです。

学ぶ相手は、自分です。自分に必要なものを教え、提供してくれる者は、自分です。そこから、自分で獲得していきます。

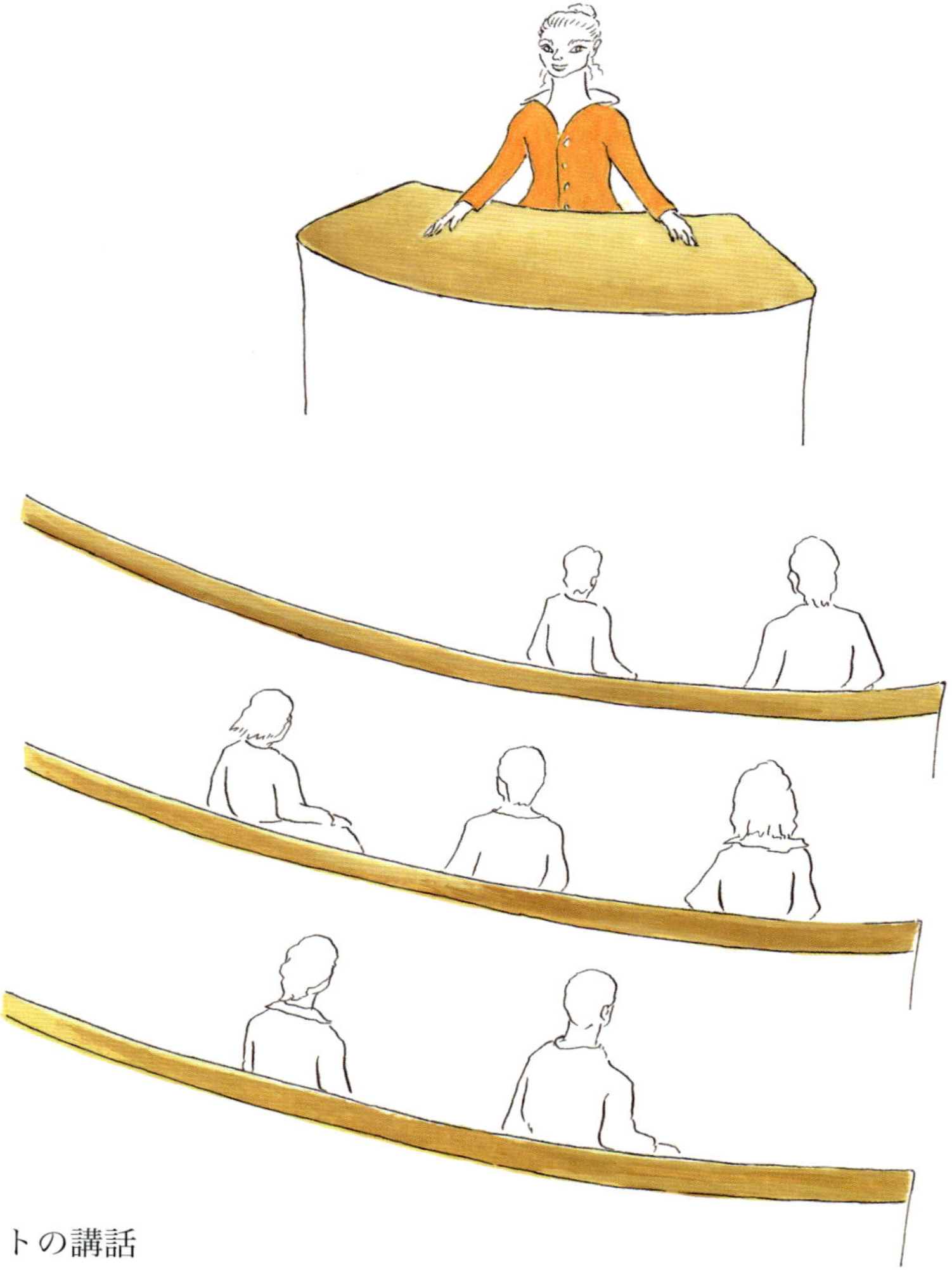

コリトの講話

父、母が、することはただひとつ、わたしたちが魂の目的を捨てることのないように、安易な真似事のような方向や、さまざまな形式にまどわされないよう、そして、身につける技は、何ひとつない、ということを見守り、魂の目を開花できるように育ててくれます。

児童期から成人まで、学習の場は、学校にあります。そこには、教師のほかに、地域の人が体得した知識や方法を教えてくれます。個々の生活を営みながら、長い歳月を学びつづけ、研究を深めていきます。

人の生きる目的は、学ぶこと、そして、それを実践すること、それ以外に、何もありません。

わたしが宇宙の旅をするのに、宇宙言語と魂の移動方法は、たいせつな学びです。学んだことを旅の中で、こうして実践できるのは、とてもうれしいことです」

コリトは、学校のことや、旅で訪ねた星について話しました。〝伝える〟レッスンは、彼女の魂に備わっている気質上、とてもうれしい学びとなりました。この施設の案内人は、人の性質を正しく見抜くことのできる、すばらしい先導役でもあったのです。

コリトが話し終わり、ホールを出ると、そこに待っている人がいました。

彼女より年上の青年です。

「私は、ショーといいます。魂のふるさとは〝カガヤキの星〟です。あなたの話を聞きました。旅で出会った戦士について話していましたね。カガヤキの戦士に会ってみませんか？　ここに呼ぶことができますよ。出会いに、偶然はありません。未来へのチャンスなのです。自分とつながる魂の出会いを、たいせつにしてください」

青年は、ていねいな口調でいいました。

なんとステキなことでしょう！　彼女は飛び上がるほど喜び、

「ぜひ、会わせてください」

と、いいました。

そこに現れたのは、女性の戦士です。彼女の母親ほどの年齢に見えます。陽の光のような輝く瞳でコリトを見つめ、そっと気を読んでいます。冷静な正しさだけを持ったその気配に、彼女は、心を奪われてしまいました。

同時に、この人は、わたしの物足りないものを知っていると、感じました。

「私は戦士メリオンです。カガヤキの星に立ち寄ってみませんか？　案内しますよ」

「お招きありがとうございます。とてもうれしいです」

彼女はドギマギしながらも、応えることができましたが、戦士を見送りながら、あっけにとられて、立ちつくしていました。

この出来事を理解するのは、やさしいことではありません。しかし彼女は、とんでもなく、すばらしいことが起きた！　と感じています。それは、胸の高鳴りからもわかります。

コリトは、勇敢な少女といえるでしょう。差し伸べられた手に、素直に動くことができるからです。ためらい、足止めを食う人もいます。それは、その人の過去の記憶、失敗の経験です。勇気と記憶を糧として、先の道を、新しくつくっていかなければなりません。

いつかきたその道をくり返すことなく、新たな地に、自分の足で降り立つのです。なぜならそれは、魂の遠い昔からの願いだからです。

トゥファラ・五日目

この建物の中心は、一階から最上階の展望フロアまで、筒状にくりぬかれ、その筒を巻くように、螺旋階段がつづいています。階段をはさむように、白壁と乳白色のシールドがあり、天の光が、やすらぎを与えてくれます。
この白い塔は、光の塔だったのです。

〝光の塔〟
「ここは、日々の心の疲れを取り、清らかにするために使います。
そして、自分の魂と向き合うための空間です。
一段、二段、三段と進み、止まる。
そこでじっと、自分の胸の内に問いかけてください」
と、書かれていました。

コリトは星のために、人々のために、仕事をしたいと願っています。彼女の元気なエネルギーは、友を引き寄せ、明るい仲間づくりができます。その性質を生かした仕事がしたいのです。

光の螺旋階段

「わたしは〝魂の仕事〟を見つけたいと願っている。
星も人も、進化しなければならない。そのガイドを探している。
そして、わたしの胸の奥の、物足りないものが、何か知りたい」

彼女は一つひとつ、自分の魂に問いかけました。

すると、どこからともなく声がします。彼女は、魂の耳と目を使い、じっと立っていました。

そこに現れたのは、コリトの魂、気品のある女性でした。

「あなたは、戦士を知っていますか？　なぜ戦士に憧れるのでしょう？　あなたは若く、何も知らないのです。

しかし、魂の私は、たくさんの経験を積み、戦士の仕事を知っています。

私は、戦士と仕事がしたいと、ひたすら望んでいました。なぜならそれは、星の地を飛び越え、宇宙に広がる仕事になるからです。

あなたなら、きっとできます。そして、戦士たちは、あなたのたくさんの質問に、答えてくれるでしょう。

私は、さまざまな方法で、戦士へと導いています。あなたの気づきと、出会いのタイミングをつくっているのです」

コリトの魂は、心にしみるように、話してくれました。

すると、なんとも奇妙なことに、コリトの胸に、温かさと懐かしさがわきあがってきたのです。そして、次第に、ヴィジョンが見えてきました。

そこに立っていたのは、とても風変わりな歌うたいでした。姿が見えたり、消えてしまったりと、はっきりしないのです。

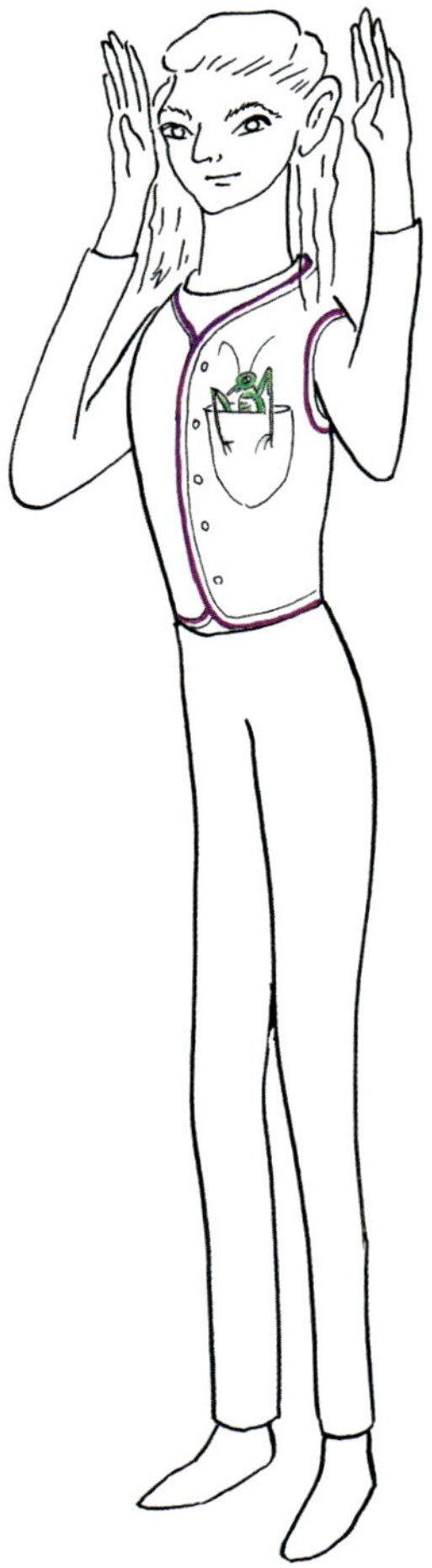

プルム

コリトは、音の星の歌うたいの話を、聞いたことがあります。彼らは、宇宙のあらゆる音を、自由に使うことのできる人たちです。

「創造の星の者が旅立つよ！

君は…長い間、待って…ピッ…いたのではないのかい？

そう！　森に…花を植えたいのだろう？

創造の星の者が旅立つよ！　トゥルルルル」

不思議な音を奏でながら、その歌うたいは、空中にフワフワ浮きながら、クルクル回っているのです。

「いつも心の中に、胸踊るものを感じていました。

創造の星の者が、ここを通るのですね。」

彼女は、ワクワクしながらいいました。

「創造の星の者が旅立つよ！

……虹のように美しい魂が、宇宙の星を目指すよ！

この虫を…、森に放すのです！　プワッ」

歌うたいはそういうと、ベストのポケットから、緑色の虫を、二匹取り出し、コリトに渡しました。

プルムとコリト

「どうして、この虫なのですか？」

彼女が聞くと、

「この虫の鳴き声は、創造の星の者にだけ聞こえます。…それ以外の者には…ピッ…まったく聞こえないのです。…静かなものです。トゥルル…

ほしがるのは、水だけ！　せいせいと鳴きますから、
のどが乾くのですよ！　ピッ…、プワッ、…ピッ」

と、点いたり、消えたりする姿で歌っています。

「創造の星の者は、この虫の…鳴き声が、好きなのです。

この声を聞いたら…、通り過ぎることは…ピッ…できないでしょう！」

そういうと、シャボン玉がはじけるように、パチンと消えてしまいました。


そして、ふたたび、ヴィジョンが見えてきました。

「どうして、そんな高いところに浮かんでいるのですか？

私のところまで降りてきて、いっしょに話しませんか？」

虹のように美しい若者が、森の中から声をかけてきました。

「はい。降ります。あなたは創造の星の方ですか？」

「創造の星のパリスィオンといいます」

「わたしは、コリトです。このように、いつもエネルギーを持てあまし、森さえも突き抜け、宙に浮いてしまうのです。

あなたが宇宙の旅に出たことを知りました」

「プルムが、ここに寄ったのですね。彼は私の友人です。

音の星の者は、名を告げないのです。……虫を置いていきましたね。

なるほど……、彼は、あなたの手伝いがしたかったのでしょう」

「あの歌うたいの名前は、プルムというのですね。

あなたには、虫の声が聞こえたのですか？

わたしには、ちっとも聞こえませんが……」

彼女は、勇みたつ気持ちを押さえていいました。

「そうです。いつ聞いても、うっとりして、引き寄せられてしまうのです」

「わたしは長い間、花を探す旅に出たいと思っていました。あなたの宇宙の旅に、連れて行ってくれませんか？」

と、コリトは聞きました。

「いいですよ。旅の準備はできていますか？」

「はい」と、彼女がいうと、突然そこで、ヴィジョンは消えてしまいました。

ヴィジョンのコリトは、十七才の今より、ずっと大人でした。それに応えるように、コリトの魂はいいました。

「それは、今世のひとつ前の記憶です。

私は花を求めて、創造の星のパリスィオンと、旅をしました。そして、森に咲いている花〝らん〟を植えたのです。この森の自然にあう、唯一の花として、彼が選び、ていねいに植えつけてくれました。

あなたは、その花をたいせつに思い、見守っていますね。その思いは、魂の中に残っている、過去の記憶の一片なのです。

魂は、過去にも、未来にも、限りなく自由に行き来できます。たくさんの魂の記憶をよみがえらせてください。あなたの毎日、あなたの明日、未来で待っているあなたのために。

何か奇妙だ？　なぜだろう？　そう感じたとき、それは私からのメッセージ〝魂の声〟です。立ち止まり、よく考え、魂のささやく方へ進んでください。

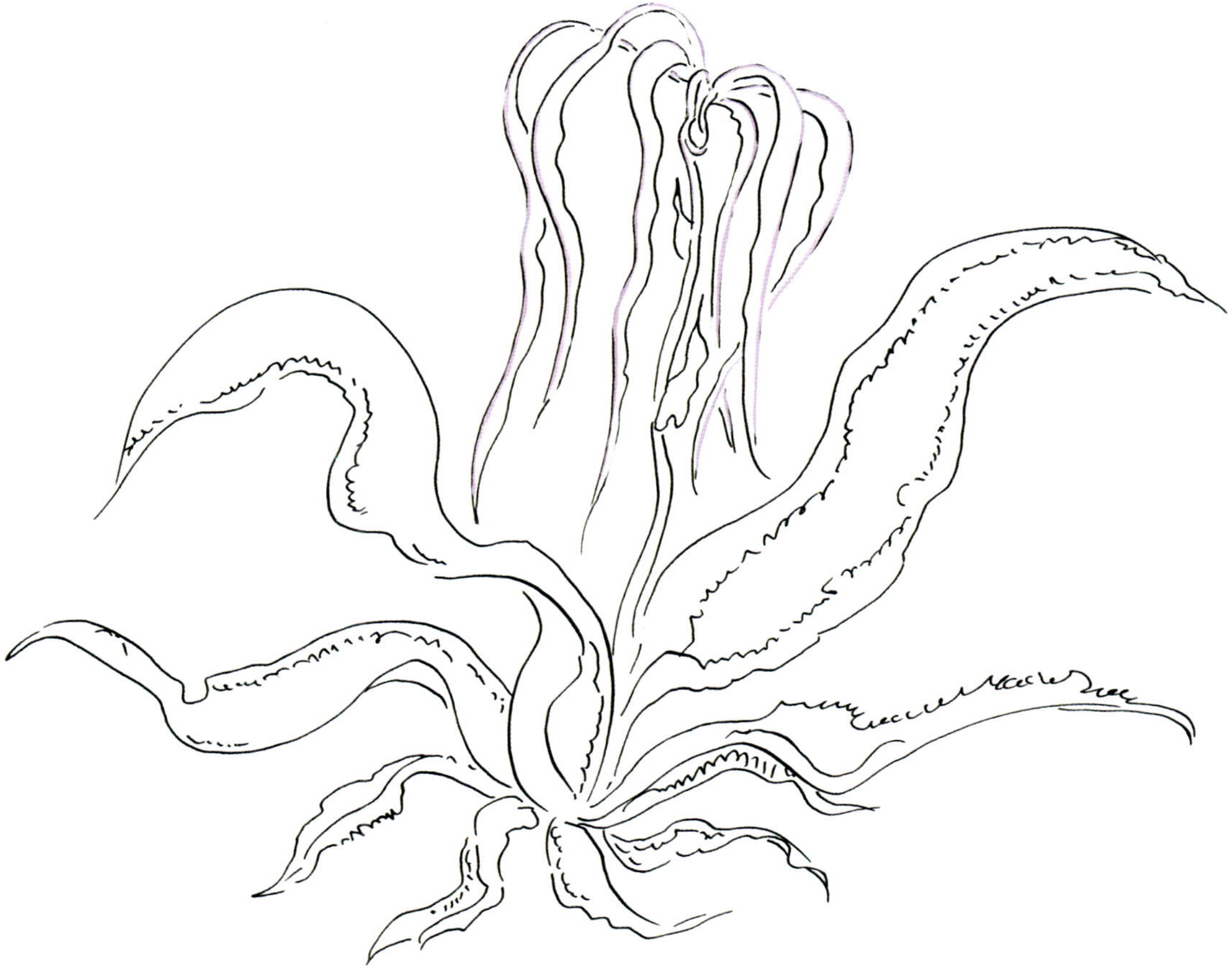

コレムル星のらん

私は旅の中で、戦士の存在を知りました。そして、戦士と仕事をしたいと思うようになったのです。しかし、その希望を実現することはできませんでした」

「そうか！　わたしは戦士と会わなければなりませんね！

そして、戦士からたくさん学び〝魂の仕事〟をする。

それが、コレムル星と、人々のためになるのですね！

戦士の待っている星に、まっすぐ行きます！」

コリトは、力強い声でいいました。

トゥファラ・六日目

今日は研修の最終日です。展望フロアに行きました。

ドーム型の天井は透明で、天の光が降り注いでいます。手すりまで行き、見渡すと、なだらかな丘は、ずっと先までつづき、森も、建物も見えません。

コリトは、大きく深呼吸をしました。一面に広がるオレンジ色の床は、心

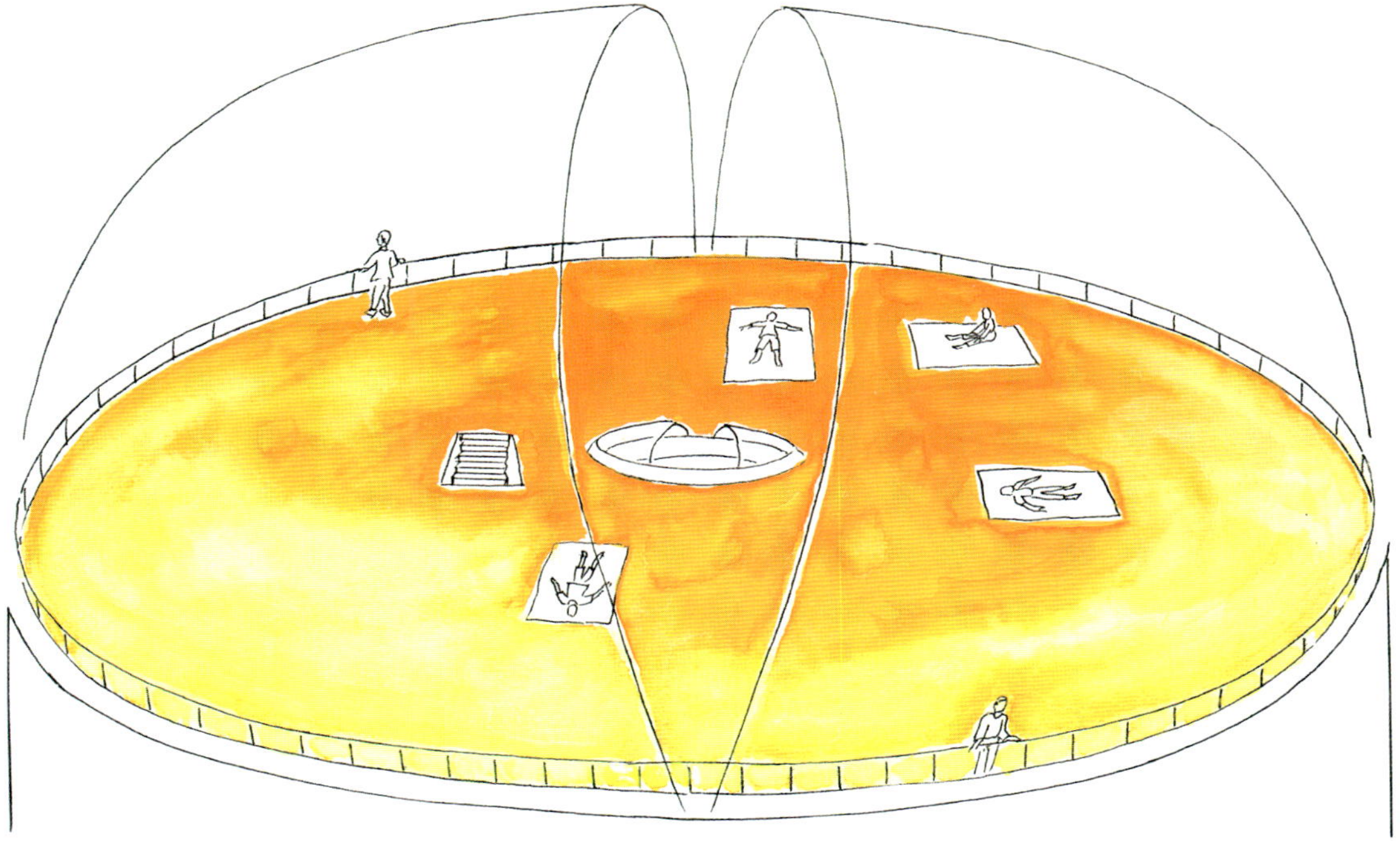

展望フロア

の扉を、トントンと叩く音が何なのか、はっきり目覚めさせてくれました。彼女は、オレンジ色は、使命の色。使命とは、魂の仕事のことと知っています。この色を自然と好み、自分を表現する色として、使っていました。オレンジ色が発する快活な気を、身体いっぱいに染み込ませたとき〝宇宙の仕事〟を魂の仕事にしたいと、ようやく大きな声でいうことができました。床の所どころ敷かれたマットに、大の字になり、天を仰ぐと、とても幸福な気持ちがあふれてきました。天の広がりは、彼女の胸にキラキラ輝く光と、宇宙への扉を開いてくれたのです。

宇宙は、遠い存在ではなく、すぐそばにある、なくてはならないもの。この呼吸さえ、空気さえ、風でさえ、それはもう、宇宙なのだ！わたしは、宇宙とつながっている！

魂は　宇宙の中を駆けめぐりたいのです
道のないところに道をつくり
魂の意思で　ただひたすら走りたいのです
それは　とても美しく　可憐で　輝かしく　喜ばしい存在です

宇宙は　その道のない空間に　新しい道を築き
魂の足取りを　いつも見届けています
宇宙の中で　あなたは生きつづけ　目的を持ちつづけ
新しい真実を　一つひとつ獲得していることを
疑うことなく信じてください

コリトは明日、新たな星へ出発します。コレムル星の子どもたちの旅は、ここを最終地点とする者もいますし、彼女のように、新たな旅先を見つける者もいます。

〝光の塔〟は、訪ねた者すべてに、高いレベルへのチェンジをうながします。なぜなら、施設の目的は、細部にまで行き届いているからです。そこは、正しく、美しく、空間と時間を、静かに、そして、確実に提供してくれます。

一つひとつの設備の役割と、使われていた色の意味を、正確に理解したとき、未来を築いていくために、そして、現在の暮らしを見直すためのヒントを、持ち帰ることができるのです。

コリトはここで〝魂の解放〟と〝魂の声〟を聞くことができました。星を愛し、ともに生きる、それが理解できたとき、彼女の魂の仕事への道は開かれていきました。

地は語るだろう　あなたに真実を
緑も　風も　鳥も　光も　あなたのためにあるのだということを
大地の声を聞くとは　その偉大さと　広さと　大きな力と
存在の威力を知るためではない
ただ　あなたはそこにいて　星とともに生きるということを
あなたが認め　理解することだ

星は　あなたがどこにいても
あなたを知り　そっと道の先を示すことができる
いつでも　いつまでも　あなたとともにいる

地は抱き　ささやき　あなたを遠くへと導く

星とともに生きよ
星とともに生きよ
そうしたらもっと　あなたは自分を知り
あなたとなることができる

トゥファラ・七日目

研修、最終日であり、出発の朝です。カギのボタンを押すと、「カギの機能は、ここで停止します。しかし、持ち帰ることもできます。カギとともに、ここを訪れたとき、あなたへの案内は、再開します」

コリトは、持ち帰ることにしました。またここに来たいと思うし、この美しいカギは、たくさんの案内をしてくれた、仲間のように思えたのです。

バッグをさげ、一階フロアに降りたとき、彼女は、震えるほどのショックを受けました。

シルバーの線画、天空を舞う女性、それは前世のコリト、気品のある女性の姿だったのです。いつでもエネルギーを持てあまし、森を突き抜け、宙に浮いてしまう彼女の絵姿でした。

そして、となりの線画は、花を探す旅をともにしてくれた、創造の星のパリスィオンが、花を愛でる姿だったのです。

魂には、大元の魂があります。大元の魂は、数え切れないほどの、かけらからできていて、不足の分を成熟させるために、そのひとかけらは、宇宙中を飛び回って仕事をしています。やがて、数々の魂のかけらは、姿を現し、まとまるとは思えないほど、さまざまな姿となっていきます。

創造の星の者は、たくさんの大きな姿を、集合体として持っていますから、ほかの星の者とようすが違い、意識が希薄で、取りとめのない感じがします。彼らは、さまざまに違う構成要素を、すべて受け止め、集約し、創造物をその地に残していくのです。

パリスィオンは、星々を旅する中で、コレムル星に立ち寄りました。植物のタネを、新たにつくることも彼の仕事のひとつです。タネは、宇宙中に蒔かれていましたから、コリトの探す花のタネは、簡単に探し出すことができました。

創造の星のパリスィオンと、もともと姿を持たない音の星のプルムは、解放された自由な魂として、共通するものがあるようです。

彼らは、いつでも遊び相手を探し、優雅に楽しむのが、とても好きな人たちなのです。

そして、好奇心旺盛な人たちです。好奇心はいわば、ろうそくの火のようなもの。ポッと点いて、ポッと消えます。消すときはいつでもいいし、火を点けた責任を、強く、重く、負わなくていいもの。閉まっておかなければならない危険な心です。

興味や好奇心は、肉体からの欲求であり、魂の声ではありません。取り扱いには、十分注意しなければなりません。

しかし、彼らの好奇心は、独特なものです。魂のときめきを、責任持って完了できる上質なもの。ですが、遊び心であり、仕事ではありません。

パリスィオンは、彼女をコレムル星に送り届けた後、この施設の白壁の前に立ち、真実の色シルバーで、記憶を刻んでいきました。

パリスィオン

ゾウの鼻のようなエントランスの先に、明るい緑の丘が見えます。
コリトは丘を降り、旅立っていきました。

コリト

宇宙の旅・カガヤキの星

コリトは、一心にカガヤキの星を目指しました。トゥファラから限りなく遠い領域を、宇宙船はどこまでも進みますが、なかなかたどり着きません。どんどん高さが増すにつれ、彼女は、今までに体感したことのない、異質な空間に入ったことに気づきました。

宇宙には、星の位置の構図があります。それは、星のレベルや領域の違いを指します。

コリトの住むコレムル星や、白い塔のあったトゥファラは、暖色地帯に属しています。星とそこに住む人たちは、温かみがあり、柔軟な適応能力を持っています。

それとは別に、寒色地帯に属する星があります。これらの星は、意思にそぐわないものは、ほんのわずかなことも、引き受けることはありません。そのために整頓が得意な星です。

星の特徴は、そこに住む人々に、反映されていきます。この冷気の領域に、カガヤキの星はありました。寒色地帯の気を感じはじめたとき、彼女は、それを知っていることに気づきました。

水色の気です。美しいものだけ、正しいものだけを、冷静に受け入れる空間の気、トゥファラの施設で、すがすがしいところとして、感動で受け取ったフロアの色でした。

そして、戦士メリオンと会ったときに感じた、緊張感のある空気は、カガヤキの星の放つ気、そのものだったのです。

ショーが、発着所に迎えに来てくれました。コリトは、その美しい気配に、びっくりして立ちすくんでいます。鋭さと、冷静さを持つ、大きな魂が、はっきりと見えたのです。

「わたしは知らない！　銀河のような魂があったことを！　存在だけで、宇宙を語ることのできる者がいることを！」

コリトは、心の中で叫んでいました。

彼に案内されたそこは、メリオンの仕事場でした。

「あっ！」

驚きのあまり、あいさつもそこそこに、今度は声をあげて叫んでいました。

「あの施設は、あなたが立てたのですね！　ここそっくりな部屋に、わたしは泊まっていました！」

石のような素材を、球体にくり抜いた白い部屋の、大きな丸窓の横に、メリオンは立っていました。

「そうです。はるか昔、私は、トゥファラになる前の、ビレムルと呼ばれていた時代、そこで仕事をしていました。

未来の星トゥファラを旅した私は、そこで見た、子どもたちが通う学校を、建物のモデルにしました。機能は、レッスンのために訪ねた星で、案内された〝浄化の塔〟です。そして、あなたの泊まった部屋は、この仕事場がモデルです。

あの施設は、正しい空間、色、形、物を使い、人々の潜在意識の奥深くに染み込み、脳、細胞、心、魂に届くように設計しました。

若い星ビレムルの人々は、魂で生きることができませんでした。そのレベルの人たちに、何ができるだろうかと、考えたのです。

そして〝魂の存在を認識する〟ことと〝魂の解放〟の場所として、光の塔をつくりました。

当時、そこには、翼をもぎ取られた者、箱の中に押し込まれた者、染色された者、グレードやレベル分けされた者、敗者と勝者があふれていました。もともとあったはずの理解力や、可能性を失った人々は、どこに向かって進むのか分からず、たいせつなもの、守らなければならない〝自分〟さえ、見失っていたのです。

同時に、自分を満足させるものは、どこを探してもないことに、気づきはじめていました。心の充実度は、稚拙な方法では、穴埋めできないのです。星の進化の足を引っ張る厄介な存在は、人です。大きな〝力〟を得るために、科学や電子の発展に躍起になり、一種、科学に乗っ取られたようになると、人の進化は遅れてしまいます。

技術と人の進化は、双方がバランスを取りながら進んでいきます。どちらかが飛び抜けて、進化することはありません。なぜなら、どれほどすばらしい発見であったとしても、扱う人のレベルが、それに見合う成熟度に達していなければ、争いの種にしかならず、愚かな行為につながってしまいます。まずは、精神の確立と過去の清算、魂の解放を完了させることです。そして、現存の機械や文化を最高峰に発展させ、星や人々のために、すみずみまで行き渡らせ、使うことです。地上を見渡せば、そして、人々の瞳を見れば、人の尊厳は、守られているか？

温かな食事は、平等に届いているか？

経済行為や便利さばかりを、優先させてはいないか？

と、科学や電子の発展の前に、やらなければならない、たくさんのことに気づくはずです。

光の塔は、人々の閉ざされた意識の変換を、うながすための仕事です。この地に、ほんとうの美しいもの、正しいものが必要でした。

これは、宇宙の仕事です。宇宙を地上に落とすことは、一見、無謀に見えるかもしれませんが、空間の大きさが違うだけで、宇宙を特別視しなければ、簡単に変換できるのです。

地上に、そして、意識の中に、さまざまな新しいものとして、宇宙の仕事は、星の仲間の手で静かに行われていきます。静かにとは、人の進化がまだ、宇宙の星々の介入に見合わないレベルの場合、進化の起爆剤を、言葉や創造物にして、目に見える形で、そっと放つのです。

まったく新しい、宇宙と星との接点、扉であり、これまでにない、新たな種です。それは、次第に定着し、星も、人も、高度に引き上げられます。

そこから、正しい意識が生まれ、人々は、より賢くなり、判断力、思考回路、すべてがシンプルになります。

そうなったとき、はじめて、ほんとうの幸福とは、肉体の満足感ではなく魂の幸福のことであり、生きる空間は、地上だけではなく、宇宙に広がっていて、限りない知恵と愛を、届けてくれることに気づくのです」

少し厳しく、優しい気配を放つメリオンは、コリトをしみじみと見つめながら、静かに話しています。

「あなたは、スィオニになるでしょうね。光の人と呼ばれる者です。スィオニとなったあなたは、人々の〝魂に光を届ける〟仕事をするでしょう。

スィオニは、スィオニを呼びます。彼らは、誰とも手を結ぶことなく、雑踏の中に、ひとりで、ポツンと立っていて、◇に輝く光に見えます。きっと、仲間は見つかりますよ。

仕事のほんとうの喜びは、ほかからもらうものではありません。魂のエネルギーを、最後の一滴まで出し切り、完了した先でわき起こるもの。それは、あなたを次の一歩へ押し上げ、まだ知らない世界へ連れて行ってくれます。自分が起こす仕事は、自分のすべてを知り、その中から生み出す創造物です。他人のためにするより難しく、孤独で、悲しい思いをします。人の喜ぶ顔は見たいものですが、それは、結果ついてくるものであり、目的ではありません。

光の仲間は、仕事をするごとに集まってきます。仕事が完成すると、チームは解散し、またはじまると、新たな仲間ができます。その独立した一人ひとりは、それぞれの魂の歴史と、生き方を持っていますから、干渉することも、引き入れることもありません。

あなたのこれまでの時間は、どんなに魂が独立していても、命をひとりでまっとうすることはできませんでしたね。父、母、友の輪が、数珠つなぎとなって仲間をつくっていたのです。

しかし、魂の仕事は違います。なぜなら、魂は未来を歩いているからです。ならば、未来の時間を、生きていかなければなりません。

未来を生きる。それは、イメージを先行させても意味はありません。すべての情報、要素、素材を未来に置くということです。その情報は、星の地形、人の流動、意識の流れから得ることができます。

未来が見えたら、未来の点を現在に実際に置く。そして、未来と現在の間を〝未来から埋めていく〟のです。

現在から未来に向かうのは、過去の歴史や記憶を、リュックに詰め込んで、頂上を目指す登山のようで、とても重労働となります。

しかし、未来から埋めていくのは、情報の重荷を、背負うことがありませんから、軽々と進めます。

現在で、未来を構築していくことは、たいへん難しいことですが、成さなければならないことです。なぜなら、その具現化したものは、遠い未来と、現在を埋めていくプロセスにあるもの〝はじまり〟が、はじまる仕事だからです。それは、魂の未来の時間を生きなければ、成せないことです。

自分を未来に置くと、現在の存在も軽やかで、意識も聡明、雑多なものにまどわされずに、生きていくことができます。そして、さらに、自分を浄化し、ゼロからやり直したいと、感じるようになります。

魂や星は、未来の時間を知っていますから、その行動、出会いをサポートしてくれますよ。あなたは、未来で起こす自分の鼓動、言葉、行動、意識、魂を感じ取り、そのように〝生きる〟のです。

やがて、肉体は、肉体主導の活動を、すべて放棄し、魂のサポーターとなります。これこそが〝未来のために生きる光の人・スィオニ〟の仕事の方法と意味です。

カガヤキの星に、よく来てくれましたね。ゆっくり話ができました」

興奮から、少し落ち着いたようすのコリトに、

「あなたが体験した施設は、私がつくった時代と比べたら、ずいぶんレベルが上がりました。一階フロアの壁画で、そして、前世の魂の記憶の中で、創造の星のパリスィオンに会いましたね。彼は、光の塔を、ともにつくった仲間です。私たちは、今でもトゥファラを訪ね、進化の手助けをしています。

その旅先で、あなたを見つけたのですよ。もちろん、魂の意識で移動していましたが、あなたは、私とショーを、うまくキャッチしましたね。ほとんどの人たちは、気づかないものです」

メリオンは、ウフフと、笑いながらいいました。

美しい水

小さな山が　列をなして　山奥にある清水を目指している
それは　見たこともないほど美しい水で
そこに　行き着いた者はいないほど　深く　深くにある真水である
それを求めて　小さな山はみな　列をなし移動している
山は四方八方から　水に向かっているが　争いもなく静かに
真水のまわりにひっそりといる

水は　それ自身から　働きかけたわけではなくて
山は　特別な問題があるから　救いを求めたわけでもなくて
地も　水の所在を　山に教えたわけでもなくて
ある日　突然　山は　水の所在を知ったのだ
水は　それほど強く　大きな意思があるわけではない

ただ　水として　汚れない最高峰の真の状態で
存在することができている
山は　問題なくおのれの役割を　果たしているにも関わらず
結局は　その水のまわりに　集まってしまうのだ

人は　それを見つけ
何か特別なことが　起こっているに違いないと確信する
人は　特別なことが好きだし
異常事態を　好む傾向にあるから
絶景として　まれに見る現象として　興奮する

何ひとつ真実を見ず
冷静にとらえることもできず
人は　その山を　ほしいと思った
人は　その水を　飲んでみたいと思った
人は　集まる意味を　知りたいと思った

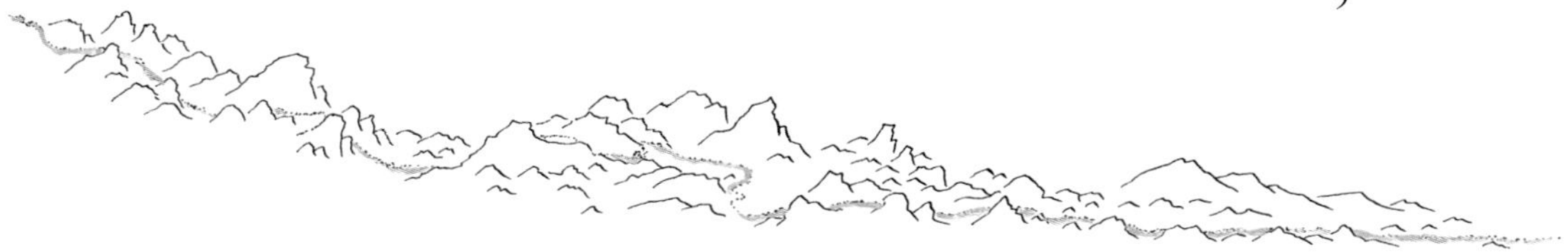

しかし　そこに起きた現象は　結果でしかない
一つひとつの小さな真実を　積み重ねた結果でしかないのだ
人は　結果を見て　知りたがり　感じたがっているだけなのだ
その現象の軌跡の中に　おのれの魂　肉体の歴史のかけらが
幾重にも　刻まれていることも知らずに

人はもう　行き着いてしまっているのだよ
欲望からくる行為の先には　何もなくて
そこまでの道順を　すべてスキップして
先のない末端まで　行き着いてしまっているのだ

これからの一歩を
深い意味のあるものにしてほしい
その一歩を踏み出すのに
どんなに時間をかけてもいい
光景は　高台から遠く見渡すものではなく

たどり着くまでの　小さな日々がたいせつだと
山の　空の　地の　静かな意識から　汲み取ることを学んでほしい
山は　そこに水があることを　知らなかったし
水は　知るよしもないほど　そこにおのれの存在を証明しなかった
しかし　山は　自分の意思で生き　そして　水にたどり着いたのだ
やがて　人も　山とともに
地上から　その美しい水にたどり着くことができる

翌日、ショーは、コリトの案内役になってくれました。この星の建物や階段、通路、いたるところ白色です。人の衣服も生成りで、ほかの色は、どこにも見あたりません。カガヤキの星の人たちは、色の力を借りて、空間の基盤を固めることはないのです。

メリオンとショーの所属する戦士団は、中心部の中枢機関の中にありました。そこを出発し、集会所、図書館、人の集まる市場まで来ました。

どこに行っても、活気のある人たちと、身体がぶつかってしまいそうです。

ショーとコリト

コリトは、ショーを見失わないよう、後ろから追いかけていきます。

「あなたも気づいたとおり、人口は、とても多いです。人の意識、瞳、思考の流れは、まるで大河のようです。よりよい河の流れを決めるのは、とても難しいのです。ひとまとめにすることは、その流れと、人の行動や気を、停滞させてしかうかもしれませんからね。

それには、星の秩序だけでは、統括することのできない大きな秩序〝宇宙秩序〟が必要です。それは人の意識を、宇宙レベルへと大きく移行させます」

と、ショーはいいました。

市場を通り抜けながらコリトは、ここの人たちが、星の意思を引き受け、正確に生きていると感じます。それは、星の地の気と、人の鼓動が、いったいとなって聞こえてくるからです。

そして、さらに驚くことは、人の魂の密度と容量です。経験がさまざまな色の粒となって、魂にぎっしりと詰まっています。ほとんどの魂に、密度の差がありません。だからこそ、エキスパートがそろっていて、知恵を出し合い、速やかに、問題を解決できるのだとわかりました。

コリトの気づきに応えるように、ショーはいいました。

「魂の密度と容量には、レベルの差は確かにあります。それは、言葉、行動、所作に現れ、人の気配はまったく違います。

魂の密度の薄い者は、自分の力だけでは立てないのです。ひとりで立つということは、寄り添う人の体温に、安堵することもなく、意識の共有もないために、寂しく、辛い思いをします。

しかし、その不安を埋めるのが、魂や心の密度です。密度や容量を増すために、正しい知識を知り、真実の中で生き、真実の涙を流しながら、真実の言葉を学び、語ること。そうして豊かに成熟していかなければなりません。

真実の中で生きることは、とても難しいことです。真実と偽りは、見分けにくいものですからね。偽りの中で生きる者にとっては、偽りが真実だからです。しかし、ほんとうの真実を見つけ出し、学ばなければなりません。

さらに難しいのは、学ぶということです。なぜなら、学ぶためには、自分の言い分や知ったか振りを、捨てなければなりません。

そこには、高慢などなく、正しい真実の人、自分の魂にもどっていくことなのです。学ぶことなく一生を終えてしまうと、生まれ変わってもまた、失敗をくり返します。

真実との出会いは、魂の滋養となり、成長の手助けをしてくれます。魂の密度となるのは、真実しかないからです。

真実の世界は、あるべきものが整い、シンプルで正しく、美しく、開放感と安堵感があります。そこでの出会いと出来事は、すべてが真実なのです。

真実の中で生きる者は、真実の者を招き入れ、出会いと仲間をたいせつにします。なぜなら、そこには、たがいに得るもの、たいせつなものが詰まっているからです。相手に恐れを抱かせることのない彼らは、軽やかさと優しさ、高い柔軟性と、揺るぎない意思と思考を持っています。

それが真実の中で生きる者の〝みなぎる自信〟と〝生きる力〟なのです。

そして、大きな許容量を持つ人になってください。たくさんの知識と経験で密度を増やせる容量のゆとりと、突然の出来事を冷静に引き受けられる柔軟性には、魂の拡大がとても重要です。それができれば、ひとりで立っていても、風に耐えうる十分な力と、少々の小石ではつまずかない確固たる土台ができ、人に左右されずに、自分の魂の道を歩んでいけます。

レベルの差の大きい星は、若い星に多く、魂の学びは、複雑に重なりながら日々起こっていきます。そして、ぶつかりあう問題、理解しあえない意識や言葉は、虚しさや不満足を生みます。

しかし、そここそ、学びのチャンスなのです。さまざまな出来事は、魂の目的を達成するために起こります。目的をけっして手放すことなく、乗り越えなければ、その星に、その時代に、その地域に、その両親と兄弟のもとに、生まれた意味がなくなってしまいます。

同じ星に住む、たいせつな仲間です。密度や容量に差があったとしても、押しつぶすことなく、また、押しつぶされることなく、たがいに、見守りながら星全体で、階段を登って行くのが、星と人の進化です」

ショーは、ほんとうに美しく、優しい若者です。そして、大きな愛の持ち主です。その愛は、言葉の中にあふれていました。

彼の突き抜けるほどの光の中で、コリトの縮こまっていた魂は、どんどん解放されていきました。

「戦士の中には、槍を持っている者がいます。メリオンがそうです。槍の先に灯された光は、希望であり、未来です。その未来と真実を見ることは、問題を解決する羅針盤になります。それに向かって進めばいいのですからね。

魂は、いつでも光を求め、探し、光のもとにたどり着きたいのです。しかし、魂に張りついた、悲しみや怒り、そして、高慢さの鎧は、光をさえぎり、解放の妨げになってしまいます。

メリオンの槍は、その鎧を、鋭い切っ先で突き破っていきます。もとの光を思い出し、目覚めることのできた魂は、どれほど幸福でしょう。

戦士メリオンの演説

「いつからか、この星と人々は病にかかりました。すべてが同じようにウイルスにかかったのです。人々は統率がとれなくなり、水は濁りはじめ、瞳は鮮やかな色を、とらえることができなくなりました。

しかし、病はあるべくして必要とされ、起こった現象です。けっして、すばらしいものではありませんが、とても意味のあることです。

私たちは、病の元凶に働きかけることはしません。大地の色と匂い、空の色、そこを照らす光と影を追っていきます。光の戦士の役目は、生きるすべてを新たにし、人々や物事を、強く進化させていくことです。

光を見てください。

光はその病を照らし、浄化する力を持っています。

土はどうでしょう。

土は病を土壌にもどし、分解し、ゼロにする力を持っています。

空気はどうでしょう。

新たな展開の気を、すべての場所へ届けることができます。

すべてのものを使いましょう。すべての力を信じ、仕事に役立てるのです。

人々の瞳の中から、水の状態から、そして、言葉から、そこには現状が、すべて備わっています。それらをくまなく観察してください。

私たちは、宇宙の真実と、戦士の真実の中に立ち、仕事をしなければならないのです。鋭利な槍のように、真実だけをつらぬいて、高鳴る音を奏でてください」


これは闇の星に出向き、そこで生きるすべての光の戦士に、かならず話すメリオンの言葉です。

光と闇は、真実と偽りともいえるかもしれませんね。そこには、どんな特徴があると思いますか？　どちらにいるのが生きやすいと感じるでしょう？　誰もが、光の方だというでしょう。闇などとんでもない！　と。

しかし、たいがいの人は、闇であり、偽りの中で生きているのです。なぜなら、そこは、肉体主導で生きる者にとって、とても居心地のよい場所ですからね。反応の意識や温度差もあって、おいしい食べ物がそろっていて、愉快な仲間と手をつなぎ、その中で、守られながら生きることができる。ですから、そこから離れたくないのですよ。

一方、光の中で生きている人は、わずかしかいません。光の中は、厳しい条件ばかりです。肉体を喜ばせるものは何ひとつなく、手をつなぐ仲間もいません。孤独で、辛く、手ごたえも、守られることもなく、振り落とされてしまうほどの、魂のスピードで、前進しつづけなければならないのです。

それでも、なぜ人は、光の中で生きたいと思うのでしょう。それは、魂の願いだからです」

整備の行き届いた広大な芝地に、大きな箱型の学校が、何棟も立っているのが見えます。歩く人の誰もがさわやかで、勇ましくさえ感じます。

微動だにしない光と　揺らぎのある光
それが言葉に乗るとき　人の魂　身体の中に　木もれ日が生まれる
その木もれ日は　人の意識　脳をも　揺り起こし
やがて　魂の眠りと　起床を　呼び覚ます
これこそが　木もれ日のような　変幻とスパークの星
カガヤキの　真のはたらきです

「ここには、すがすがしい時間が、スピードを持って流れているようです」

と、コリトはいいました。

「時間は、星によって、速さも、意味も、エネルギーも違います。そして、人の持つ時間も、魂の性質や、所有する空間の種類によっても違います。時間のスピードは、ひとつではなく、魂には、各々の魂時間が、宇宙には、異なる空間時間があります。

この学校は、宇宙秩序を学ぶ場所ですよ。宇宙秩序の原本をつかさどる星から、星に沿った内容を、必要な分だけ、使者が持ち帰ってきます。

星と人のレベルが上がるたびに、星からの進化の課題も難しくなっていきますからね。教本も、順次、新たに重ねられていきます。

子どもたちも、基礎科目の中で学んでいます。この星の子どもが、特別に優れているわけではありません。生まれたての子どもの精神状態、魂の状態は、あなたの星の子どもと変わらないのですよ。ひいては、あらゆる星々の子どもも、みな同じ、何も変わらないのです。なぜなら子どもたちは、星の未来のために、宇宙がよこした、ひと粒の種だからです。

子どもには、年齢による理解力や知識の差はありません。学年別で学ぶものが違ったり、年を重ねるとともに、内容レベルが上がったりするのは、おかしなことです。それをしてしまうと徐々に、子どもの理解力や可能性を、そぎ落としてしまいますからね。

子どもは、たくさんの真実を持っているし、語る言葉は、魂の言葉です。剣のように鋭い言葉を持ち、それを、大人たちに向け、答えを求め、学んでいきます」

ショーは、高台にある校庭のベンチに座り、静かに話してくれました。

宇宙の旅　白い大地の星

宇宙の旅の中でも、この星には、とても驚かされました。その不思議な植物を前にしたとき、それが何なのか分からなかったほどです。

その星は、石のように硬い、真っ白な大地で、何も混じり気のない砂で、できていました。

そこに降り立ったとき、その白さに恐怖すら感じました。なぜなら、一歩もゆずらない、壁のような強い意思で、弾き飛ばされそうだったのです。その反面、憧れるほどの美しさも感じました。

大きなくぼ地の中から、その植物は生えていました。

横に立ったときは、大きな乳白色の柱が、林立しているように見えましたが、通り過ぎ、振り返って見ると、先が見えないほどの巨木で、なんとそれは、根元がひとつの大株でした。見渡す限りつづく大地に、そそり立つ姿は、光の柱のように見えます。

巨木地帯

天まで届くほどの巨木地帯を過ぎると、白い地は、さらさらした砂漠になりました。そこにも、小さなくぼ地が点在し、彼女の背丈の倍ほどの高さで、植物が立っています。

ふっくらとした幹の節々には、美しい大輪の花をつけていました。

白い地の花

コリトは、宇宙の旅で行った星の話をしました。

ショーは、話すコリトのようすから、次第に彼女の内側に、そして、放たれる気の中に、コリトの魂の色〝美しい水色〟が、現れはじめていることに気づきました。

宇宙の訓練の旅は、魂の密度と特徴を、色濃く映し出していきます。もうすでに、彼女の持っていた〝物足りないもの〟は、ありませんでした。

「それが、あなたの魂の色です。メリオンによく似た魂ですね。魂の意思の強さを感じます。だからこそ、私たちには、あなたが見えたし、あなたの魂も、カガヤキの星、そして、戦士を求めたのです」

水色の空間

薄い水色の世界に〝Y〟が一本　立っている
それほど冷徹でもなく　何かを待っているような
だが　美しいものだけを　引き受ける懐を持っている

〝Y〟のVを結ぶと　大きな◇ができる
地上に生えた幹は　根を張り
どんなに◇が高く伸びようとも　微動だにしない地をつくる

語る言葉は　それほど多くはない
しかし　語らなければならない言葉は　山ほどある
水色の空間は　さまざまな気を呼び
さまざまな色のパッチワークにして　地上を成す

星をつくり　大地をつくり　人をつくる　その地を
自分の一枚の布とつなぎ合わせ　広い　広い　大地にしていく
それが　私たちの役目である

Y　それは〝光の塔〟

薄い水色は　人と寄り添い　正しいものだけを受け入れる
その存在の意識を解き放し　地上に広げよう

その地は　けっして　あなたから離れることなく　友を結び
その正しい鎖は　幾重にも織りなし　仲間の大地を広げていく
その存在を　示せ　そして　語れ

「水色の空間が、あなたに話しました。とても喜ばしいことですよ。そして、Yの字の意味も知ることができましたね」

コリトの成長を、誇らしげに見守りながら、ショーは、楽しそうにいいました。

彼女は、カガヤキの星を最後に、宇宙の訓練の旅を終えることにしました。

白い大地の星は、魂が前もって見せてくれた、とても重要な場所でした。

光の人・スィオニとなったとき、まず、魂の仕事のために、自分で固めた白い地を獲得しなければなりません。その地にこそ、光の塔は立つからです。

白い地からは、天まで届くほどの輝く巨木が立ち、
魂の等身大の仕事には、節目、節目に、大輪の花が咲く。

コリトは、ここからまっすぐコレムル星に帰ります。

ショーは、宇宙船発着所まで送ってくれました。

「宇宙秩序のレッスンは、あなたの星と人々の進化に、役立てることができます。私たちといっしょに学んでいきましょう。

気をつけてお帰りください。よい旅を！　これは、私からのメッセージです。受け取ってください」

魂で生きる　白い道を　歩きはじめたあなたに

宇宙の誰もが　星にいる誰もが
あなたと関わることを　喜びと感じています
あなたのクリアな身体から
指先から　声から　瞳から　動きの中から出る気は
相手を取り巻くすべてを　変化させるほどの宇宙が　ひそんでいるのです
それこそが　魂の色　輝きなのです

あなたの地上は今　新しく塗り替えられつつあります
新しく生まれた一つひとつの光を　たいせつにしてください
それは　あなたを内から大きく引き伸ばし　引き上げようとします
人々の魂が　あなたの魂と呼応し　仕事がはじまります
あなたが魂で生き　白い道を歩いていけば
身体は　正しい出会いを選択してくれます

いつでも耳を　澄ませてください
いつでも瞳を　あなた自身を　美しく保っていてください
あなたは　いずれ気づくでしょう
あなたが　あなたでないことに
あなた自身が　宇宙そのものであることに
あなたの言葉を　誰もが　正しく受け取れることに

たくさんの地が　あなたを求めています

たくさんの人が　あなたを見ています
人々のために　そして　星のために　働くのです
あなたの気を　宇宙を　スパークさせながら
小さな光であっても　光は　かなたまで届けることができます

宇宙とは　正しい星のあり方です
正しい姿　正しい波　正しい息づかい　正しい言葉
正しいすべてを表わす　命なのです
あなたは　生まれたときから決まっていた
宇宙を表わす　ひとつの光
たったひとつの命です

コレムル星にもどったコリトは、ショーからのメッセージを、胸の奥から取り出しては、何度も、何度も、くり返し読んでいます。

父、母、兄弟、友が、星への帰還を喜んでくれました。宇宙を旅した彼女には、彼らが、森の守り人のようにも感じましたが、やはり、穏やかで優しい人たちです。

この森と、この地に生きる人たちとともに、魂で生きるための白い地を、自分の身体で、心で、そして、魂で、築いていくことにします。

生きるとは、命のはじまりから、おわりの間のことです。その生きる距離を正確に知り、魂の仕事の設計をしなければなりません。

魂の意思は、生まれたときに、すべて受け取れるわけではなく、成長とともに、気づいていきます。魂の転生の中で、やり残したことや、未来を考慮し、検討していきます。

そして、魂で生きるその白い道を、歩きはじめるのです。

「白い地を得て、白い道を歩く。

その道は光であり、地を照らす光源。

わたしは、光の塔になろう。

そして、人を、大地を、星を、つなぎ合わせ、

広い、広い、光の大地にしていくことを、魂の仕事にしよう」

コリトは、そう決心していました。

トゥファラの花

おわりに

空間は　私たちの喜びも　悲しみも　怒りも　すべて受け取ります
大きな喜びはエネルギーになり
怒りは空間を振動させ　外部へと影響をおよぼします
私たちが悲しめば　空間はなぐさめ
なんとかそれを静めようと　エネルギーを消耗します
ひとりの感情が相手へ　周囲へと　いとも簡単に伝わるように
たくさんの人が持った怒りや　悲しみ　喜びは
星から　星を生かす空間へと　簡単に伝わっていきます
ならば　喜びで満たしましょう
私たちは　元気でいましょう
わき起こる　怒りや悲しみがなんであるかを深く考え
不必要な感情は　洗い流しましょう
そうすれば　私たちを生かしている空間は　もっと元気でいられます

母なる空間が　正常に生きていくために
星を喜びで　満たしましょう

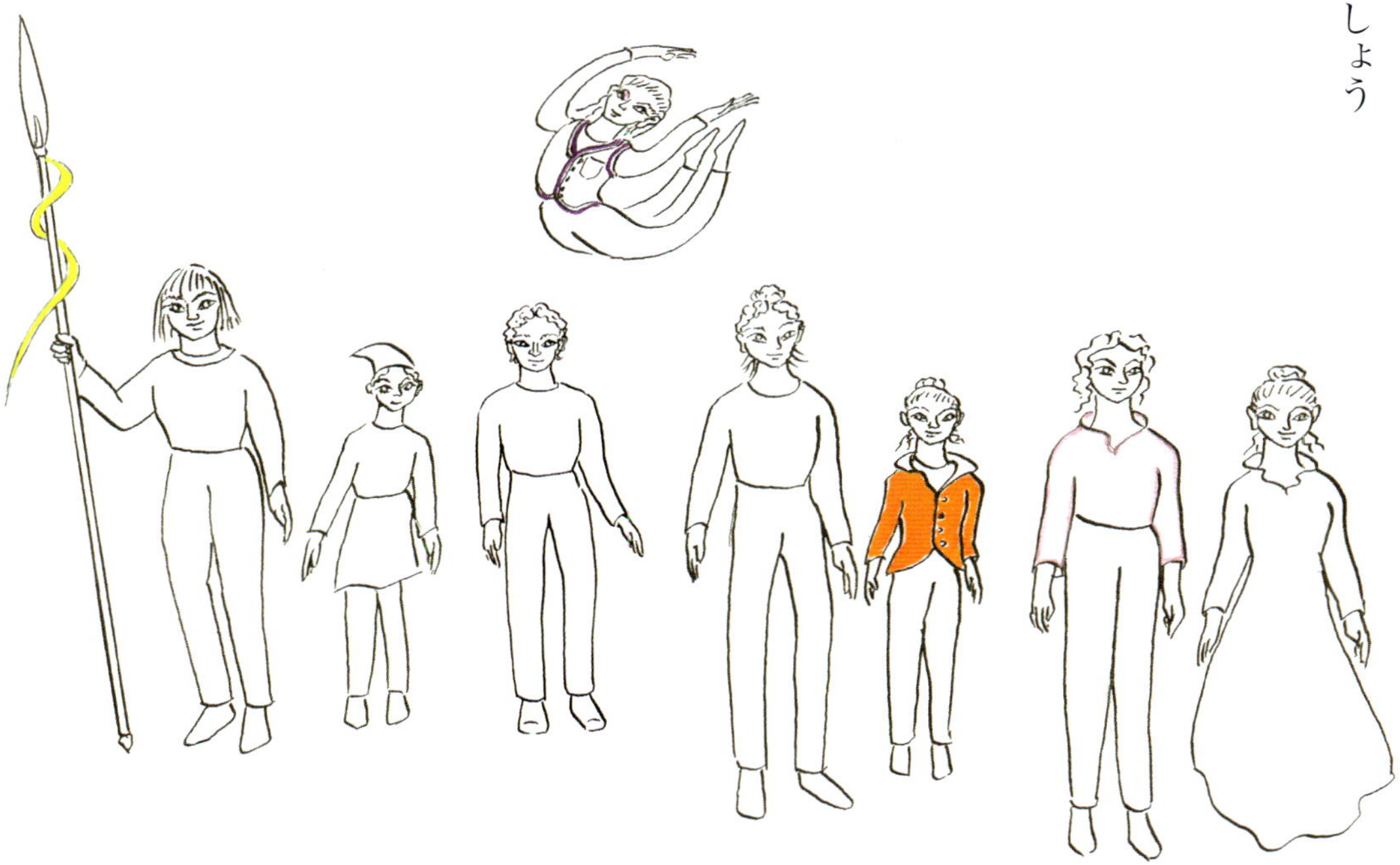

星々の仲間たち

〝トゥファラ〞　それは未来の星の名

星のまたたきひとつひとつに、生命が宿り
たがいをたいせつに思い、尊び、
静かに息づいています。
少女ヴィッツィが宇宙の旅の中から
なぜ？　なぜ？　と求めた、宇宙と魂について
答えてくれたのは、星の仲間たちでした。

既刊

トゥファラ
命の星への羅針盤
中村啓子
A5判/637頁
定価3,800円＋税

光の塔

二〇一八年三月八日　第一刷発行

著　者　中村　啓子

発行者　中村　修
発行所　山の白い家
〒410-2511
静岡県伊豆市宮上二一一四
http://www.yamanoshiroie.com

発売元　有限会社　長倉書店
〒410-2407
静岡県伊豆市柏久保五五二－四
電話〇五五八－七二－〇七一三

印刷・製本所　株式会社　黎明社

ISBN978-4-9909398-1-6